반려
공구

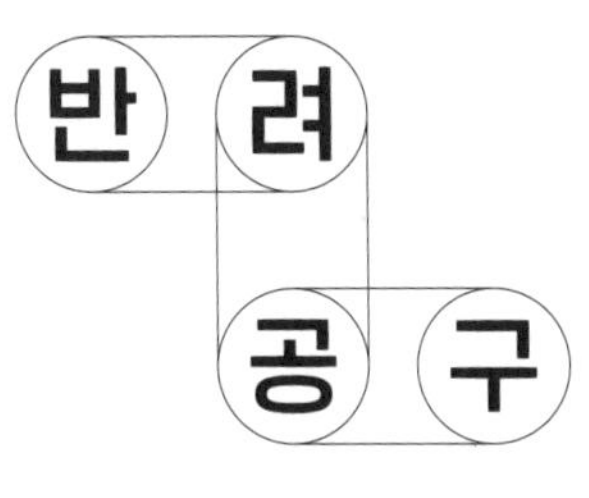

모호연 지음

공구와 함께 만든 자유롭고 단단한 일상

라이프앤페이지
Life&Page

일러두기

1. 철물이나 공구의 명칭은 언어 문화권마다 조금씩 다르다. 이 책에서 언급하는 철물과 공구는 모두 국내 기준을 따랐다.
2. 규범 표기가 없는 공구의 경우, 외래어 표기법보다 흔히 통용되는 명칭을 우선적으로 따랐다.

"실수는 두려워할 일이 아니다. 거기엔 아무것도 없다."

마일즈 데이비스

x0

Prologue

두려움 없이 앞으로 나아가기

20대 중반의 나는 '적응'의 화신이었다. 온수가 나오지 않는 세면대, 삐걱거리는 식탁, 커튼 봉을 달지 못해 현수막으로 가린 창문, 책장이 부족해 바닥에 쌓아놓은 책 무더기…. 어떤 불편도 무던히 잘 버텨냈다. 죽어서 묻히면 묘비에다 '불편을 견디는 것이 곧 삶이었다'고 적을 만한 일상이었다. 솔직히 말하면, 그것은 인내가 아니라 도피에 가까웠다. 나는 '사람을 불러서' 집을 고치고, '새 물건을 사서' 고장 난 물건을 치워버리는 방식이 문제를 해결하는 것보다 훨씬 불편하게 느껴졌다. 대신 적응하면 모든 것이 괜찮았다. 주어진 환경에 나를 끼워 맞추고 문제를 잊어버리면 그만이니까.

그런데 공구를 사용하게 되면서 일상이 달라졌다. 누구든 멍키 스패너만 있으면 세면대 고압호스 정도는 교체할 수 있다는 사실을 알았다. 커튼을 다는 건 그야말로 식은 죽 먹기였다. 공구를 사용할수록 나는 안심이 되었다. 일상의 문제들이 통제 가능한 것과 그렇지 않은 것으로 얼추 구분되기 시작했다. 내가 할 수 있는 일인가? 아니면 전문가에게 맡겨야 할까? 판단만 내리면 문제는 다음 단계로 넘어갔다. 내게 닥친 불편들을 주도적인 입장에서 바라보게 되자, 더 이상 미루거나 적응할 이유가 없었다.

자연스럽게 '만들기'가 좋아졌다. 일상의 만들기는 타인을 위한 공예가 아니라 나 자신을 돌보는 살림이다. 청소나 빨래처럼 무한 반복되기도 하고, '애써봐야 나만 아는' 부분이 집안일과 매우 비슷하다. 하지만 나를 위한 물건을 직접 만드는 노동은 그 결과가 아주 만족스러웠다. 그동안 모니터 받침대와 책장, 벙커 침대, 주방 카운터, 회전하는 옷장 등을 만들었는데, 모두 내 신체 사이즈와 공간에 꼭 맞는 가구들이다. 이사를 하면 또 그 집에 맞게 가구를 개조했다.

어떤 기성품도 직접 만드는 것보다 편하지 않다. 구하기 어려운 게 있으면 직접 만들면 되지, 그 생각이 나를 자유롭게 한다. 만들기가 언제나 성공하는 것은 아니지만 얼마든지 시도해본다. 실패를 하더라도 기술은 축적되니까.

물건을 사랑하는 나는 고장 난 물건을 고쳐 쓰는 데에도 열심이다. 낡은 쿠션의 지퍼를 재활용해 새로운 쿠션을 만들거나, 버리지 못한 가방을 잘라서 소품을 만드는 식으로 물건의 생애주기를 늘려본다. 모든 것이 빠르게 만들어지고 빠르게 버려지는 시대이지만, 물건과 나의 운명이 고작 여기까지는 아니리라 굳게 믿는다. 고장 난 부분을 교체하고 멀쩡한 부품을 모은다. 그렇게 함께한 물건은 기억에 오래 남을 뿐 아니라 지구 환경에도 폐를 덜 끼친다. 물건의 수명을 늘리는 방법을 하나씩 배워가는 동안에도 공구가 있었다. 공구를 손에 쥐면 무엇이든 할 수 있을 것 같다. 내가 가진 것들이 그저 물건이 아니라 새로운 것을 창조할 수 있는 소중한 자원으로 여겨진다.

'여기에 선반을 달아볼까?', '테라스에 가림막을 달면 어떨까?', '망가진 빨래건조대를 고쳐 써볼까?' 지금 상태에서 얼마나 더 편안해질 수 있는지 끊임없이 생각한다. 공구와 함께하는 일은 그래서 특별하다. 물건을 사랑하는 것이 그 물건에 쌓인 추억을 되새기는 일이라면, 공구를 좋아하는 것은 공간에 잠재된 가능성을 생각하고 끄집어내는 일이다.

동네를 걷다가 철물점을 만나거나 '공구'라는 단어가 쓰인 간판을 볼 때면 무척 반가운 기분이 든다. 인생에 도움이 되는 친구이자 든든한 파트너인 공구 이야기를 기록으로 남기고 싶었다. 어떻게 만났는지, 함께 무엇을 했는지 이야기하고, 가끔은 웃픈 실패담을 털어놓고 위로를 받고 싶었다. 누구나 처음부터 완벽할 수 없고, 얼마든지 서툴러도 괜찮다는 이야기를 나누고 싶었다.

실패가 두려워도 망설이지 않고 공구를 집어 든다. 내 생활의 어려움을 나의 힘으로 해결한다는 효능감, 그리고 타인에게 기대지 않아도 된다는 해방감은 나를 움직이는 원동력이다. 어쩔 수 없이 하는 적응이나 '강제 긍정'은 이제 그만두고, 문제를 해결하면서 조금씩 편해지기로 했다. 이 책을 읽는 여러분에게도 나의 공구 이야기가 친밀하게 느껴지기를, 공구와 가깝지 않아도 그 이름들이 익숙해지기를 바란다. 나아가 '써 보고 싶은' 무언가가 된다면 좋겠다. 그때부터 분명 지금과는 또 다른 일상이 펼쳐질 테니까.

차례

Part 2 도구와 공구의 경계에서

Part 1

전동 드라이버

오랜 상상에 마침표를 찍는 일

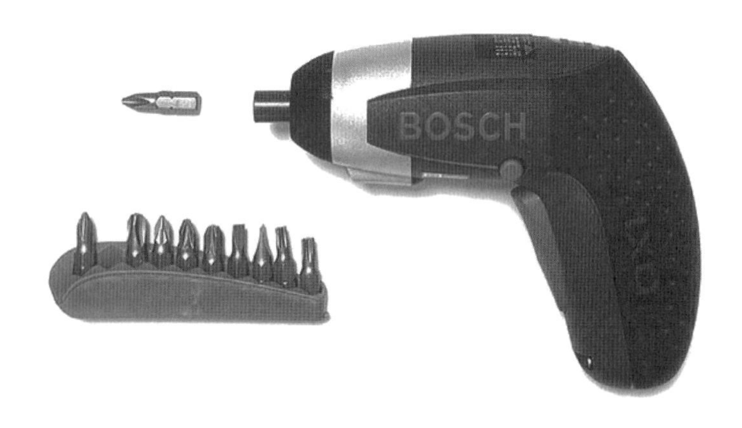

어느 인터뷰에서 이런 질문을 받았다.

"꼭 하나 갖춰야 한다면 어떤 공구를 추천하시나요?"

나는 망설임 없이 대답했다.

"단 하나를 갖춰야 한다면 역시 드라이버죠."

당연하다. 집 안의 수많은 물건들은 나사로 연결되거나 부착되어 있다. 문제가 생겼을 때 가장 먼저 찾는 공구는 역시 드라이버다. 그렇지만 여기서 말한 드라이버는 '수동 드라이버'다. 만약에 질문이 "가장 많이 사용한 공구는 무엇인가요?"였다면 대답은 달라졌을 것이다. 가장 많은 일을 한 공구라면 따져볼 것 없이 '전동 드라이버'다.

수동 드라이버는 책상 위 연필꽂이에 넣어둘 만큼 가까이 두고 있지만 어디까지나 예비하는 도구다. 문제를 파악하는 단계, 그리고 마무리하는 단계에서 관리자 역할을 할 뿐 실제 노동량으로 따지면 우리 집에서 전동 드라이버만큼 고되게 일하는 공구는 없다.

직책으로 따지면 수동 드라이버는 매일 자리를 지키며 일체의 상황을 돌보는 상근직 관리자이고, 전동 드라이버는 필요할 때만 불려 와 일당 노동을 하는 외주 노동자라 할 수 있다. 나는 일상에서 상근직 관리자에 속하지만, 생계를 위한 일을 할 때는 외주 노동자의 입장에 가까워서 그가 겪는 노동의 강도에 이입하지 않을 수 없다.

안타깝게도 가장 많은 일을 한 나의 첫 전동 드라이버는 배터리가 죽어서 2021년 봄, 내 곁을 떠났다. 그 뒤를 이은 보쉬Bosch 드라이버와는 서로 알아가는 단계라 아직 어색함이 남아 있다. 한참 드라이버를 사용하다가도 손에 쥔 느낌이 달라서 왠지 낯설다고 느끼는 때가 종종 있다.

사양으로 따지면 보쉬 드라이버가 이전 것보다 훨씬 나은 물건이다. 다른 전동 드라이버에 비해 크기가 작고 머리 부분의 길이가 짧아서 좁은 곳에서도 작동할 수 있다. 구성품으로 들어 있는 드라이버 비트(나사의 머리에 따라 다르게 끼워 쓰는 부품)도 내구성이 제법 괜찮은 편이다. 그런데도 나는 어째서 첫 번째 전동 드라이버를 잊지 못하고 이렇게 그리워하는 것일까.

검은색 본체와 오렌지색 버튼, 간결하면서도 누구나 사용법을 짐작할 수 있는 형태. 공구를 잘 몰라도 이 드라이버의 제조사를 모르는 사람은 없을 것이다. 나의 첫 전동 드라이버는 이케아IKEA 제품이었다. 이케아는 조립식 가구와 생활용품 전문 브랜드이고, 가전제품을 판매하는 회사는 아니지만 수동 공구 키트나 자신들이 만든 가구를 쉽게 조립할 수 있는 전동 공구 몇 가지를 판매한다. 모터의 힘은 세지 않지만, 가구 조립에 사용하기에는 모자람이 없다. 대부분의 가구는 목재로 되어 있고, 나사도 특수 합금이 아닌 평범한 쇳덩어리다. 힘을 과하게 쓰면 나사못의 머리와 연결하려는 구멍이 망가질 수 있기에 여기에 쓰는 전동 드라이버는 힘이 좀 약해도 괜찮다.

전동 드라이버가 나에게 도움을 주는 부분은 사실 힘이 아니라 '속도'다. 전동 드라이버를 쓸 때면 마치 헤르미온느의 시계를 쓰는 것처럼 시간 부자가 된 것 같다. 수동 드라이버만으로 가구를 만들었다면, 나는 이미 목공이라는 분야를 포기했을지도 모른다. 그렇다고 못 없이 짜맞춤 가구를 만들 만큼 열정이 대단한 것은 아니어서, 대강의 만들기를 도와줄 전동 공구가 절실하다. 전동 드라이버는 나의 노동 시간을 확실히 줄여주었고, 그 편리함에 익숙해진 나는 걱정 없이 다음 만들기를 계획할 수 있었다.

2018년에 제작한 벙커 침대의 갈빗대 부분에는 침대 하나당 78군데에 나사못을 박았다. 이것은 눈에 보이는 연결 부분만을 헤아린 것으로, 벙커 침대 전체를 제작하는 과정에서 박은 나사는 그 다섯 배 정도에 이른다. 계산해보면 혼자서 400개에 달하는 나사못을 박았다는 말이다. 이뿐만이 아니다. 비슷한 시기에 나는 새 옷장을 조립했고, 방의 애매한 틈에 맞게 책장도 하나 만들었다. 스튜디오의 대형 재료 선반도 그로부터 한 달 안에 만든 것이다. 만약 손힘으로 나사를 일일이 조여야 했다면? 아마 벙커 침대 하나만 해도 한 달 넘는 시간이 걸렸을지 모른다. 그러나 벙커 침대는 단 이틀 만에 조립을 마쳤고, 다른 가구들은 조립을 시작한 지 두 시간, 대형 가구는 네 시간 만에 완성했다.

가구 제작 과정을 찍은 사진에서 가끔 이케아 전동 드라이버의 모습을 발견한다. 다른 물체에 깔려 있더라도 주인이었던 나는 단번에 알아본다. 이 친구는 단독 샷이 없다. 아마 시간 여유가 있었다면 버리기 전에 사진 한 장은 남겨두었을 텐데, 이사 후 짐 정리를 마치고 나서야 '아, 고장 나서 버렸지' 하고 깨달은 것이다. 그토록 번잡한 시기에 잃어서 이토록 뒤늦은 애착이 드는 것일까?

나는 우리 관계가 영원할 줄 알았다. 그렇지만 외부 케이스를 뜯거나 배터리를 교체할 수 없는 기기는 내부 배터리가 수명을 다하면 버리는 수밖에 없다. 나는 평준화된 디자인과 저렴한 가격이 핵심인 이케아라는 브랜드를 좋아하는 편이고 내 생활에 많은 부분을 차지하지만, 이케아 같은 대기업이 분해할 수 없는 물건을 만들어 수선의 여지없이 통째로 버리게 만드는 상황은 달갑지가 않다.

소비자가 국내에서 쉽게 접할 수 있는 대부분의 공구 브랜드는 배터리만 따로 구입해 다시 사용할 수 있다. 반면, 배터리가 내장되어 있는 기계들은 마감이 깔끔해서 겉보기에 좋더라도, 장기적으로는 불필요한 쓰레기를 양산한다는 점에서 바람직한 생산 방식은 아니다. 새로 산 전동 드라이버도 몇 년이 지나면 수명이 다할 것이다. 구입 당시에 조금만 깊이 생각했더라면 배터리가 분리되는 제품을 샀을 텐데, 뒤늦게 후회가 된다. 그렇지만 지난 일은 어쩔 수 없다. 내 손에 들어온 이상 주어진 시간 동안 잘 사용하고 함께한 기록을 남겨갈 밖에.

이케아 전동 드라이버는 이제 없지만, 그 드라이버로 만든 가구들이 내 주위를 둘러싸고 있다. 당장 이 글을 쓰는 지금 내 눈앞의 모니터를 받치고 있는 나무 받침대도 첫 번째 전동 드라이버로 만든 물건이다.

햇수로 8년 동안 나의 모니터를 받치고 있는 원목 받침대는 나의 첫 목공 작품이다. 목재 재단 사이트에서 원하는 사이즈의 나무를 주문하고, 이것들을 연결하는 데에 이케아 전동 드라이버를 사용했다. 드라이버 구성품으로 함께 들어 있던 드릴 비트(구멍을 뚫을 수 있는 드릴 부품)로 못 구멍을 뚫어서 나사를 박았다.

이 원목 받침대는 지극히 평범해 보이지만 나에겐 대체 불가능한 물건이다. 내 앉은키와 눈높이에 맞게 설계한, 오직 나만을 위한 받침대이기 때문이다. 목재는 휘는 성질을 가지고 있지만 그래도 2년 만에 휘어져버린 MDF 제품과는 비교할 수 없이 강하다. 원목의 두께가 18mm 이상이면 모니터 하나 정도의 무게로는 좀처럼 휘지 않는다.

이렇게 오래 사용할 수 있는 물건을 만드는 데에 고작 전동 드라이버 하나와 나사못 여덟 개만 있으면 된다니. 공구 하나로 물건 하나가 뚝딱 만들어졌다. 전동 드라이버를 써보고 나서, 나에게 필요한 물건을 생각보다 쉽게 만들 수 있다는 사실을 알았다. 해보지 않았더라면 몰랐을 일이다. 이를 시작으로 전동 드라이버는 매번 다른 상상을 하도록 나를 부추겼다.

우스운 일이지만, 애초에 목공을 위해 전동 드라이버를 구입한 것은 아니었다. 이케아가 대한민국에 매장을 냈다고 해서, 이케아 광명점에 친구들과 놀러 갔다가 충동적으로 장바구니에 담은 것이다. 그렇다. 그것은 기념품이었다. 흥미 위주로 구입한 기념품이 이토록 기념비적 물건이 될 줄 누가 알았겠는가. '언젠가는 쓰겠지' 했으나, '언젠가'는 생각보다 빨리 왔다. 겪고 나서 알았다. 전동 공구라는 것은 일단 사면 당장 써보고 싶어지는 물건이라는 것을.

거창하게 들리겠지만, 내 만들기 인생은 전동 드라이버를 사기 전과 후로 나뉜다. 공구가 없을 때는 상상하지 않았던 일을 지금은 한다. 아니, 할 수 있다고 믿는다. 시작한 다음 실패하더라도 다음에 성공할 방법을 고민해보는, 기꺼이 도전하는 여력이 생겼다. 강박적이고 완벽주의적인 성격을 가지고 있는 나에게는 무언가를 새롭게 시도한다는 것 자체가 생경하고 두려운 모험이었지만 전동 드라이버가 있으면, 나무에 구멍을 뚫어 나사를 박으면, 무언가가 만들어지고 고쳐졌다. 기성품의 조건에 나를 맞추고 적응할 필요가 없었다. 집의 틈새에 맞는 가구를 찾느라 종일 인터넷을 뒤지지 않아도 되었고, 어디든 나사를 박을 줄 아는 것만으로 스스로가 쓸모 있는 사람처럼 여겨졌다.

나는 항상 나 자신을 '의지가 약하고 호기심이 없는 사람'으로 분류해왔다. 그러나 만들기를 하면서 점점 자신에 대해 다른 인상을 갖게 되었고, 그것은 무척이나 새롭고도 놀라운 발견이었다. '발전'이 아니라 '발견'이라 하는 이유는 그 모든 실행과 성과가 결국 나 자신에게 이미 존재하던 것이었기 때문이다. 내가 미처 모르고 있던, 내 안에 조용히 내재되어 있던 삶에 대한 의지와 호기심. 이 두 가지는 삶을 움직이는 에너지로 작용하여 나를 이끌고 간다.

누구든 인생의 쓸모를 간절히 원하는 사람이라면 무엇으로든, 무엇이든 만들어보기를 권한다. 그리고 결과가 어찌되든 실망하지 않기를 바란다. 오랜 상상에 마침표를 찍고 '실행'이란 마법을 겪어보았다면, 그것으로 충분한 가치가 있다.

이제 나는 삶에 필요한 것들을 적극적으로 생각하고 바란다. 조금씩 터득하며, 차근차근 만들어간다. 그렇게 나아간다. 공구함을 정돈하면서 전동 드라이버를 손에 쥐면 드르르르륵 손을 울리는 진동이 나에게 속삭이는 듯하다.

"내가 도와줄 테니 뭐든지 만들어봐!"

수동 드라이버

과정을 즐기는 마음

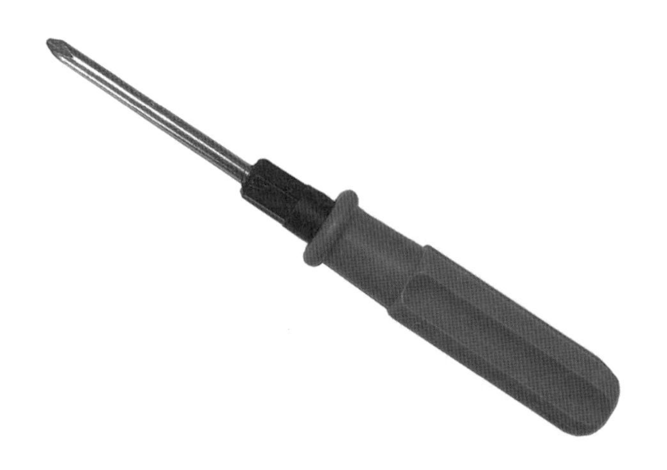

드라이버는 어느 집에나 하나쯤 있고, 누구나 한 번은 만져보았을 공구일 것이다. 요새는 전동 드라이버를 사용하는 경우도 많아 간단히 드라이버라 부르던 것을 수동 드라이버라 고쳐 부르고 있다.

수동 드라이버의 정식 명칭은 스크루드라이버screw driver, 우리말로는 '나사돌리개'라는 이름도 있지만 아직까지 그렇게 불러본 적은 없다. 드라이버는 그냥 드라이버 아닌가? 어렸을 적 어른들이 '도라이바'라고 했던 기억이 나는데, 돌리는 도구라서 도라이바라는 이름이 붙은 줄 알았다. 알고 보니 'driver'의 일본식 발음이었다.

내가 처음으로 정을 붙였던 드라이버는 안경용 미니 드라이버다. 시력교정술을 받기 전까지 오랫동안 안경을 착용했던 나는 필통에 휴대용 미니 드라이버를 넣어 다니며 안경 다리가 느슨해질 때마다 나사를 꼼꼼하게 조여주곤 했다. 학창시절, 주변에 그런 드라이버를 가지고 다니는 사람은 나뿐이어서, 가끔 친구들의 안경을 손보아주기도 했다. 이처럼 휴대용 미니 드라이버는 주로 안경을 쓰는 사람들이 사용하는 드라이버이기에 '안경용 드라이버'라고도 부른다.

미니 드라이버는 검지보다 길이가 짧고 직경이 5mm가 안 되며 한쪽에는 열쇠고리가 달렸다. 양쪽에 뚜껑이 있는데 모양이 생소해서 뚜껑을 열지 않으면 그 정체를 알아채기 어렵다. 열심히 추측한다 해도 돌려 쓰는 미니 볼펜으로 착각하기 쉽다.

지금은 안경을 쓰지 않지만 내 서랍 속에는 아직도 미니 드라이버가 들어 있다. 물론 학창시절에 쓰던 미니 드라이버는 언제인지도 모르게 잃어버렸다. 어쩌다 오래된 탁상시계처럼 나사못의 크기가 작은 물건을 해체할 때면 서랍에서 미니 드라이버를 스윽 꺼낸다.

학창시절에 쓰던 미니 드라이버는 본래 누구의 것이었을까? 어린 시절 내 손을 탄 많은 물건들이 그랬듯이 그것은 처음부터 집에 있던 물건이었다. 아무도 찾지 않아서 결국 나 혼자 쓰기는 했지만 누군가는 어떤 경로로 이 드라이버를 손에 넣었을 것이다. 가장 신뢰하는 가설은, 안경점에서 안경을 맞춘 기념으로 받은 사은품이 아닐까 하는 것이다. 언제, 누구를 통해 내게로 왔는지는 모르지만 그 물건의 쓸모와 가치를 높게 평가하는 사람은 가족들 가운데 나뿐이라고 장담한다. 작고 하찮은 드라이버의 존재를 이렇게 오래 기억하는 것이 흔한 일은 아닐 테니까.

집에 있는 드라이버란 그런 것이다. 과거도 주인도 확실하지 않은 존재. 책상 위 빨간 손잡이 드라이버도 같은 운명이다. 언제부터 집에 있었는지, 또 누가 샀는지 기억하는 이가 없다. 확실한 건 자취를 시작한 뒤로 내가 가장 많이 사용한 수공구라는 것이다. 문 손잡이나 벽 스위치 교체도 이 녀석이 했고, 전등을 갈 때도 썼다. 또 무엇을 조립하든 마지막 한 번은 이 드라이버에 온 힘을 쏟아서 단단하게 조이곤 했다.

나는 집 안에서도 물건을 잘 잃어버리는 사람이라, 공구는 베란다에 있는 공구 카트와 선반에 가져다 두는 것을 원칙으로 한다. 그런데 빨간 손잡이 드라이버는 예외로 내 책상 위 연필꽂이에 두고 있다. 매일 쓰는 연필깎이나 볼펜만큼 얼굴을 맞대고 지내는 물건이다. 기능으로 따지면 몇 만 원짜리 전동 드라이버나 전동 드릴과는 비교할 수 없겠지만 집에 어떤 문제가 발생했을 때 가장 먼저 빨간 손잡이 드라이버부터 찾게 된다.

이런 수동 드라이버는 2~3천 원 대로 아주 저렴하다. 하지만 아무리 싼 것이라도 막대는 강철 합금으로 되어 있다. 강철이라는 이름이 붙으면 무엇이든 대단하게 느껴지는데, 실제로도 웬만한 힘으로는 부러지지 않는다. 그래서 무언가를 뜯고, 부수고, 찢는 일을 할 때에도 수동 드라이버를 동원한다. 드라이버를 사용하는 사람에게 있어 이것의 용도는 나사를 조이거나 푸는 것만이 아니다. 그야말로 자유롭게 활용할 수 있는 저렴한 강철 막대기이기도 한 것이다.

그래도 역시 본업만큼 중요한 건 없다. 나사를 조이거나 풀 때 섬세한 힘 조절이 필요한 상태라면 수동 드라이버만 한 게 없다. 녹이 슬어 풀리지 않는 나사에는 반드시 수동 드라이버를 먼저 사용해본다. 오직 내가 가한 손힘만이 나사를 움직이는 그 감각이 좋다. 힘이 필요한 일일수록 전동 기기를 사용하는 것이 21세기 문명인의 자세이겠지만 노동량이 많을 때가 아니라면 나는 여전히 수작업을 우선한다. 전동 기기를 사용하는 것도 손이 하는 일이지만, 힘이 내 것이 아니므로 대상과 공구와 내가 하나가 되는 감각을 느끼기는 어렵다. 반면에 수동 공구를 들고 직접 나서면 나의 뇌와 신경과 근육이 하나가 되는 것을 느낄 수 있다.

나의 오랜 동료인 빨간 손잡이 드라이버는 손잡이가 플라스틱이라 손에 땀이 나면 금방 미끄러지지만 십자 형태로 깊은 홈이 나 있어 바닥에 놓아도 쉽게 굴러가지 않는다. 이 드라이버의 가장 의외인 부분은 자성磁性이 있는 드라이버라는 것이다.

나사를 박거나 빼다가 실수로 바닥에 떨어뜨리는 일은 아무리 주의해도 매번 일어나는 일이다. 비트에 자성이 있는 드라이버를 쓰면 나사를 잃어버리지 않고 쉽게 회수할 수 있다. 또 비좁은 틈으로 굴러 들어간 나사도 드라이버 끝으로 살살

유인해서 빼낼 수 있다. 이것 말고도 수동 드라이버가 하나 더 있지만 이 작은 차이 때문에 빨간 손잡이 드라이버만 쓰게 된다(자성이 없는 드라이버도 몸체에 '자화기' 혹은 '비트 자석'이라고 부르는 링 모양 자석을 끼우면 자성이 생겨 나사를 끌어 당긴다. 가까운 철물점에서 구할 수 있다).

자성이 없는 드라이버라고 쓸모가 없는 건 아니다. 드라이버에 이것저것 달라붙는 게 싫거나, 금속 제품에 작업을 할 때에는 자성이 없는 드라이버가 유용하다.

빨간 손잡이 드라이버는 막대를 잡아당기면 손잡이와 쉽게 분리된다. 막대 양쪽에 십자(+)와 일자(-) 비트가 달려 있는데, 이런 드라이버를 '양용 드라이버'라고 한다. 십자 비트를 사용하다가 일자 비트가 필요해지면 막대를 뽑아서 반대쪽으로 바꾸어 끼우면 된다. 정밀기기를 다루는 것이 아니라면 가정에서는 양용 드라이버 하나만 있어도 대부분의 나사를 조이거나 풀 수 있다.

일자 드라이버는 나사못을 조이기보다는 좁은 틈을 벌리거나 장도리 대신 박힌 못을 지렛대 원리로 뽑아낼 때 쓰곤 한다. 언뜻 보기에는 일자 드라이버의 팁이 두꺼워서 강력해 보이지만, 나사못의 홈과 제대로 맞물리지 않으면 일자 드라이버가 십자보다 훨씬 잘 망가진다. 돌릴 때 더 많은 힘을 써야 하는 것도 단점이다.

요즘은 손목시계나 스마트폰 같은 정밀기기를 뜯어 내부를 들여다보지 않는 이상 일자 나사와 마주치기도 어렵다. 그런데도 어쩐지 십자 머리와 일자 머리가 둘 다 있는 양용 드라이버가 좋다. 대체로 기능이 하나인 공구가 성능면에서 훨씬 우수하지만 조금 능력치가 떨어지더라도 다양하게 쓸 수 있는 공구에 손이 가는 편이다. 따지고 보면 나도 그와 비슷한 사람이다. 어느 하나를 완벽하고 훌륭하게 완성해내는 장인과는 거리가 멀다. 동시에 여러 가지 일에 관심을 갖고 그것들을 진행하는 동안 기쁨을 얻는다.

나의 성취감은 대부분 완성보다 과정에서 온다. 완벽함을 이상으로 알던 시절에는 오히려 완벽하지 않을 것을 알기에 시도조차 못한 일이 많았다. 그러나 어설프게나마 시도한 일은 그저 하는 것만으로 나를 발전시켰다. 그 후로 나는 할 마음이 드는 것이라면 아무거나 해보기로 했다. 빨간 손잡이 드라이버는 그래서 나와 닮았다. 문제가 발생하면 아무 데에나 호출되어 나와 함께 고민을 나눈다. 아주 믿음직스럽지는 못해도 언제든 일을 할 준비가 되어 있다. 언제나 시작을 함께 하는 공구이니만큼 사랑스럽지 않을 수가 없다.

드라이버는 나사머리에 드라이버 끝을 맞게 끼우고 돌리면 되는 아주 간단한 수공구다. 시계 방향으로 돌리면 나사가 박혀 들어가고, 반시계 방향으로 돌리면 나사가 풀린다는 사실은 누구나 알 것이다. 드라이버는 강철 합금으로 되어 있지만 나사못은 대부분 그보다 약하다. 녹이 슬지 않았더라도 드라이버를 잘못 쓰면 나사 홈이 금방 뭉개지고 만다. 그럼 최대한 나사머리를 뭉개지 않고 드라이버를 쓰는 방법은 무엇일까?

무엇보다 강조하고 싶은 건 돌리는 힘이 아니라 '누르는 힘'이다. 나사못의 홈에 딱 맞는 드라이버를 쓴다면 누르는 힘을 크게 신경 쓰지 않아도 되겠지만, 내가 사용하는 드라이버가 단 하나라면? 선택의 여지가 없다. 적어도 가지고 있는 드라이버의 날이 나사머리의 홈에 더 강하게 밀착되도록 열심히 누르면서 돌려야 한다.

누르는 힘은 나사못과 일직선으로, 힘이 작용하는 면과는 90도 각도를 유지한다. 이때 누르는 힘보다 돌리는 힘이 세면 나사못이 망가지든지 드라이버의 날이 망가지든지 둘 중 하나의 사태를 맞게 된다. 이런 사소한 일도 집중하지 않으면 망한다니 세상이 참 각박하게 느껴진다. 나사못은 망치로 박는 일반 못과는 다르게 나사산(빗면이 반복되는 나선형의 날)이 있기 때문에 단단하게 박혀 있는 나사도 힘껏 눌러서 돌리면 자연스럽게 앞으로 빠져나온다. 나사에 가해지는 힘이 나사산의 빗면을 따라 반대 방향으로 작용하기 때문이다.

결론적으로, 나사못이 잘 안 빠진다면 수직으로 누르는 힘에 더 집중해본다. 손힘이 부족하다면 손잡이 끝의 둥근 부분을 손바닥에 대고 누르면서 작업하면 좋다. 눌러서 돌려야 빠져 나온다니, 믿기지 않지만 실제로 그렇다. 너무 세게 누르면 못 구멍이 망가질 수 있지만, 어쨌든 나사는 빠진다. 목적은 달성하는 것이다. 망가진 구멍이야 재생하면 그만이다.

그저 힘을 쓰는 것처럼 보이는 일들도 자세히 들여다 보면 기술적 측면의 지식으로 해결되는 경우가 많다. 나는 이것을 일머리라고 부른다. 내 앞의 현상을 관찰하고, 원인과 결과를 생각하여 내게 주어진 힘을 가장 효율적인 방법으로 사용하는 것. 공구는 날로 발전하지만 매번 새 공구를 구입하지 않아도 되는 이유가 여기 있다. 어떤 공구든 사용할수록 최적의 요령을 익히게 되고, 그것에 단련된다. 이렇게 공구와 친해지면 새 공구가 부럽지 않다. 그저 더 오래, 문제없이 사용하고 싶을 뿐이다.

그런데 드라이버는 어디까지나 소모품이기 때문에 멀쩡하다가도 갑자기 망가져 못 쓰게 되기도 한다. 그런 때를 대비해 자주 안 쓰는 드라이버라도 웬만하면 버리지 않고 보관하는 게 좋다. 언제 어떻게 쓰일지 모르니까.

내 친구 빨간 손잡이 드라이버도 이제 슬슬 임무를 마치고 떠날 때가 되었다. 특히 십자 드라이버는 사용 빈도가 높아 다른 공구보다 빨리 닳는다. 새 드라이버는 날의 빗면이 직선인 반면, 오래 사용해 닳아진 드라이버는 빗면이 곡선에 가깝다.

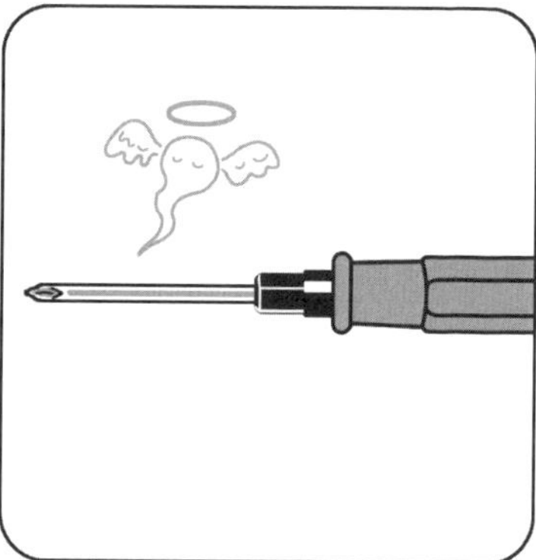

곡선으로 파인 드라이버는 나사머리의 홈에서 자꾸만 미끄러진다. 나사머리가 멀쩡한데도 드라이버가 빗나간다면 드라이버가 낡았기 때문이다. 아무리 힘을 주어도 걸리는 데가 없으니 미끄러질 수밖에. 이럴 때는 날이 멀쩡한 드라이버를 가져와 다시금 시도해봐야 한다.

만약 드라이버의 날이 곡선으로 느껴진다면 미련 없이 버릴 것을 권한다. 나사를 박거나 빼다가 잘 안 된다 싶으면 내 힘이 모자란 게 아닐까 스스로를 의심하지 말고 드라이버의 날부터 살피는 것이 정신 건강에 이롭다.

그러니 기억하자. 망가진 드라이버는 우리의 자존심을 상하게 할 뿐, 인생에 아무 도움이 되지 않는다는 것을.

드라이버 비트와 나사못

취미는 나사 수집입니다만

‘수동 드라이버’ 편에서 날이 닳아 곡선이 된 드라이버는 하등 쓸모가 없으니 즉시 버려야 한다고 주장한 것과 달리, 내 책상 연필꽂이에는 여전히 빨간 드라이버가 꽂혀 있다. 어쩐지 나는 이 드라이버가 내 영역에서 사라지는 것이 내키지 않는다. 공구라기보다 일종의 부적이 된 셈이다. 다행히 내게는 여분의 드라이버와 전동 드라이버가 있다. 유용한 일은 아마 그 공구들이 담당하게 될 것이다.

드라이버에 대해 소개했으니, 드라이버를 사용할 때 항상 함께하는 친구들을 빼놓을 수 없겠다. 바로 드라이버 비트와 나사못이다.

드라이버 비트는 나사머리에 따라 갈아 끼울 수 있는 드라이버의 부품을 말한다. 보통은 전동 드라이버에만 이런 부품이 있다고 여겨지지만, 수동 드라이버 중에도 드라이버 비트를 갈아 끼울 수 있는 제품이 있다. 이를 ‘비트 교환식 드라이버’라고 한다. 드라이버 세트도 구성이 다양한데 특히 손잡이가 긴 것과 짧은 것, 주먹처럼 생긴 것 등 종류가 여러 가지다. 가격대는 천차만별이나 저가형은 한 세트에 5천 원 이내로도 구할 수 있다. 교환식 드라이버 세트 안에는 드라이버 손잡이와 함께 갈아 끼울 수 있는 비트가 여러 개 갖추어져 있다. 드라이버 손잡이에 육각형의 홈이 있다면, 그곳에 비트를 끼워 쓸 수 있다. 나는 어디에라도 육각 홈이 있으면 일단 비트를 끼워보는 습관이 있다.

비트에는 대체로 규격이 새겨져 있다. 일자 드라이버는 날의 길이를 밀리미터 단위로 표기하고, 십자 드라이버는 PH1, PH2, PH3 타입으로 표기한다. 때론 PH를 생략해 #1, #2, #3와 같이 앞에 넘버(#)만 붙이기도 한다. 더 확장된 세트에는 PZ1, PZ2, PZ3라고 표기한 비트도 포함되어 있는데, 포지헤드 나사에 쓰는 것으로 가정에서는 거의 쓸 일이 없다.

어쨌거나 우리가 제일 많이 쓰는 십자 드라이버의 규격은 PH2다. PH 뒤에 붙은 숫자가 작을수록 끝이 뾰족해 십자 모양이 뚜렷하고, 클수록 머리가 뭉툭하다. 나사에 따라 구분해서 사용하면 좋겠지만, 잘 모르겠다면 PH 타입, 그 중에서도 PH2 드라이버를 쓰는 게 안전한 선택이다.

규격 앞에 붙은 문자 'PH'는 필립스 헤드Phillips Head의 준말로 십자(+)형 나사못을 발명한 헨리 필립스Henry F. Phillips의 성을 딴 것이다(네덜란드의 전자회사인 필립스Philips와는 관계가 없다). 미국인 헨리 필립스는 20세기 초에 십자형 나사못과 드라이버를 발명하고, 무려 16세에 특허 출원을 한 인물이다. 가끔씩 마음이 곤궁해지면 과거로 타임슬립해 남의 발명을 앞당겨 훔치는 상상을 하는데, 필립스 나사와 드라이버도 그 중 하나다. 반대로 마음이 평온한 시기에는 나사못을 돌릴 때마다 유교 문화권 사람답게 헨리 필립스의 묘가 있는 방향으로 절을 하는 상상을 한다.

나사는 못, 경첩과 함께 가정에서 가장 많이 쓰이는 철물이다. 일반적으로 나사screw, 螺絲란 보통 나사산을 돌려서 고정시키는 철물인 '나사못'을 이르는 말이지만, 나사에는 끝이 날카롭지 않고 평평한 '볼트bolt'도 포함된다. 그래서 나사의 종류를 말할 때 볼트와 구분하기 위해 국내에서는 '나사산이 있는 끝이 뾰족한 못'을 '피스'라고 부른다. 가정에서 많이 쓰는 나사는 피스다. 아무래도 벽이나 가구, 수납장에 박아 넣을 때 볼트는 무용하고, 끝이 뾰족한 나사못이 많이 쓰인다.

드라이버 비트의 종류가 무색하도록 나사못의 종류와 규격은 정말 다양하다. 지금 나에게 필요한 나사못이 무엇인지 확인하려면 먼저 박아 넣을 구멍의 지름과 깊이를 알아야 한다. 나사못의 길이는 머리의 모양에 따라 다르게 측정한다. 머리가 납작하고 접시 모양인 나사는 머리 끝부터 날 끝까지를 길이로 보고, 머리가 둥근 나사는 머리를 제외한 부분의 길이를 잰다.

(1) 접시머리 나사

주로 목재에 사용하는 나사로 못 머리가 바깥으로 튀어나오지 않고 구멍 안으로 나사를 숨길 수 있다. 머리의 직경만큼 구멍을 뚫지 않고 끝까지 박으면 목재가 갈라질 수 있다. 벽에 액자나 시계를 거는 용도로 쓰기에는 불안정하다. 머리와 나사 부분의 각이 비스듬해 걸이용으로 쓰면 물건이 떨어질 위험이 있다.

(2) 둥근머리 나사

머리가 둥글고 밑이 납작한 나사로 무난하게 쓰인다. 못머리가 나와 있기 때문에 눈에 안 띄는 위치에 작업하는 것이 좋다. 벽에 물건을 걸 때는 접시머리 나사보다 안정적이다.

(3) 트러스머리 나사

머리가 우산 모양이고 밑이 납작한 나사. 생긴 모양 때문에 '우산 나사'라고도 한다. 밀착 고정하는 부분에 체결하며, 이케아 가구를 조립할 때 종종 볼 수 있다. 트러스머리 나사는 피스보다는 끝이 평평한 볼트 형태가 많이 쓰인다.

(4) 와셔머리 나사

와셔머리 나사는 머리의 면적을 넓혀 와셔washer(볼트나 나사를 죌 때 평면과의 밀착력을 높이기 위해 끼워 넣는 링 모양의 납작한 철물)의 기능을 입힌, 유능한 나사다. 싱크대나 가구 문짝과 같이 유독 스프링 반동이 강한 문짝이 있는데, 이러한 문짝은 거

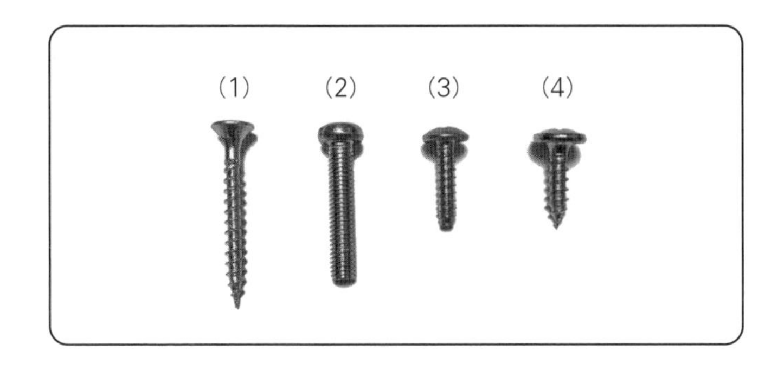

의 백 퍼센트 확률로 이 와셔머리 나사가 박혀 있다.

나사머리 부분에 울퉁불퉁한 돌기, '풀림방지 턱'이 있는 나사는 더욱 강력하다. 이런 나사는 녹을 방지하기 위해 스테인리스 재질을 사용한다. 망가지지 않았다면 버리지 않고 보관해 두었다가 경첩을 달거나 자재를 강하게 부착할 때 활용하면 좋다.

이렇듯 나사는 생김새, 길이, 또는 소재에 따라 쓰임이 다르다. 가지고 있는 나사 중에는 직접 구입한 것도 있지만 물건을 살 때 부품으로 따라온 나사도 꽤 있다. 가구나 물건을 버리기 전에 멀쩡한 나사를 뽑아 수집하는 것도 내 취미다. 어차피 망가진 물건은 폐기될 운명이지만 나사는 다양하게 가지고 있을수록 유용한 철물이니까. 그래서일까? 가끔 사람들이 지나는 길 옆에 자신의 작업 공간을 꾸리고 주저앉은 고물 수집가들이 폐품에서 철물을 수거하고 있는 모습을 보면 어쩐지 내

적 친밀감이 든다.

집에 모아둔 나사를 쓸 때면 '철물점에 안 가도 된다'는 사실에 새삼 안심하고는 한다. 그렇다. 나는 철물과 공구를 좋아하면서도 필요한 물건을 사러 철물점에 가는 것은 두려워하는 사람이다. 그 어느 상점보다 많은 종류의 물건이 좁은 공간에 겹쳐 쌓여 있는 곳. 물건을 찾으려면 고도로 집중하여 샅샅이 살피거나, 주인에게 내가 필요한 물건을 정확하게 설명해야 하는 곳. 뭐든지 나 혼자 '알아서', '조용히' 해결하려는 극도의 내향인인 나는 철물점 쇼핑이 부담스럽다.

그렇다고 해도 나사를 모으는 데는 한계가 있다. 나사의 수명은 드라이버의 수명보다 훨씬 짧다. 나사머리의 십자 홈이 망가져 곡선이 되었다면? 그 나사는 꼭 버려야 한다. 나사산에 이물질이 끼거나 뭉개진 부분이 있다면? 역시 버린다. 물건을 살 때 서비스로 들어 있는 나사는 소재가 약하거나 불량인 경우가 꽤 있다. 커튼 봉이나 블라인드를 설치할 때 한 봉지씩 들어 있는 나사를 사용해보면, 가히 일회용에 가까울 정도로 나사 홈이 잘 망가진다. 잘 망가진다는 것은 곧 나사의 소재 자체가 무르다는 것이다. 그러니 무거운 물건을 벽이나 천장에 설치하려면 이것으론 아무래도 불안하다.

커튼 봉과 함께 서비스로 받은 나사와 철물점에서 구입한 나사를 나란히 놓고 비교해보았다. 둘 다 길이 15mm, 머리 지름 6mm 규격의 접시머리 나사라는 점은 동일하지만, 자세히 들여다보니 서비스 나사는 나사산이 울퉁불퉁하고, 철물점 나사는 나사산의 날이 날카롭게 살아 있었다. 같은 구멍에 박더라도 나사산이 깊고 뚜렷해야만 안전하다.

나사가 없는 일반 못은 머리 부분이 조금만 아래로 기울어도 곧 빠져버리지만 나사못은 각도와 무관하게 얼마든지 박을 수 있다. 나무에 박는다면 다른 부품 없이 천장에도 거꾸로 박을 수 있다. 돌려 박은 나사못이 구멍에서 단번에 빠져나오지 않도록 날카로운 나사산이 지탱해주기 때문이다. 나사산은 그만큼 중요하다.

차이는 이뿐만이 아니다. 서비스 나사는 철물점 나사에 비해 십자 홈이 얕다. 둘 다 접시머리니까 접시에 비유하자면 전자는 반찬접시, 후자는 국그릇 정도의 깊이다. 홈이 깊은 철물점 나사는 더 강하게 누르고 돌려도 쉽게 망가지지 않는다.

혹시 셀프 인테리어를 하다가 나사 홈이 자꾸 뭉개진다면, 드라이버 사용법이 서툴러서 그럴 수도 있겠지만 나사 자체가 연약해서 그럴 수도 있다. 그러니 실망 말고 철물점이나 생활용품점에서 비슷한 크기와 길이의 나사를 구해서 다시 시도하기를 바란다. 구입할 때는 원하는 크기의 나사를 가져가서 문의하거나 직접 비교해보고 사는 편이 실수가 적다.

렌치

커다란 무게를 견디는
육각형의 신비

나사나 볼트를 조이는 것은 드라이버만의 소임이 아니다. 간혹 볼트나 파이프는 고정되어 있고, 육각 모양의 너트를 돌려서 열거나 조여야 할 때가 있다. 이때 사용하는 공구가 렌치다. 그들은 어떤 공구인가.

멍키 스패너는 우리에게 가장 익숙한 렌치다. 간단히 멍키라고만 해도 이 공구임을 알아들을 수 있다. '멍키'는 '도라이바'만큼이나 귀에 익은 공구이기도 하다. 어른들은 욕실이나 베란다의 수도 배관을 고치는 데에 멍키 스패너를 썼다. 녹이 슬어 굳어버린 수도관을 교체하는 건 어렵지만, 샤워호스를 교체하거나 연결하는 간단한 작업은 멍키만 있다면 누구나 얼마든지 가능하다. 내가 쓰는 멍키 스패너는 10인치(250mm) 멍키로, 가장 대중적으로 쓰이는 사이즈다. 여기서 10인치는 스패너의 머리부터 자루 끝까지의 길이를 말한다.

여기까지만 보면, '제목은 렌치인데 웬 스패너 이야기인가' 하는 궁금증이 생길 수도 있겠다. 결론부터 말하자면 렌치wrench와 스패너spanner는 분류상 같은 공구다. 이 사실을 모를 때는 '뭔가 다른 게 있겠지', '내가 모르는 전문가들만의 비밀이 있겠지' 했는데 아니었다. 단지 미국에서는 렌치로 통용되고,

영국에서는 스패너라고 부르는 것뿐이다. 그러니 멍키 스패너를 멍키 렌치라고 불러도 틀린 것은 아니다. 어차피 중요한 건 이름이 아니라 그 공구의 쓸모다.

볼트와 너트의 규격은 천차만별이다. 그만큼 다양한 사이즈의 렌치가 있다는 말인데, 일반 가정에서는 볼트나 너트를 조일 일이 거의 없다. 그래서 멍키 스패너만 있거나, 그조차 없는 가정도 많을 것이다. 그런데 멍키 외에도 살림에 도움이 되는 유용한 렌치가 있다. 바로 L자형 육각 렌치다.

아마 가구를 직접 조립해보았거나 평소 조립식 가구에 관심이 많았다면 육각형의 홈이 있는 나사를 본 기억이 있을 것이다. 육각 홈 나사는 십자 홈 나사보다 대체로 두껍고 튼튼해서 침대나 옷장같이 덩치가 크거나 사람이 체중을 싣는 가구를 결합하는 데에 많이 쓰인다. 육각 홈 나사는 특별한 요령 없이도 강하게 조일 수 있다. L자형 육각 렌치 하나로 덩치 큰 가구를 뚝딱 완성하고 나면 대단한 능력자가 된 기분이 들기도 한다.

L자형 육각 렌치는 사용법이 매우 단순하다. 부피가 작아서 보관도 어렵지 않다. 여기서 중요한 사실 하나. 책상이나 책장, 침대 등의 가구는 조립을 마쳤더라도 사용한 렌치를 꼭 보관하도록 한다. 나무는 온도와 습도의 영향을 많이 받기 때문에(feat. 대한민국의 사계절) 사용하다 보면 종종 나사가 풀리기도

한다. 조립식 가구를 안전하게 사용하려면 적어도 1년에 한 번 정도, 혹은 체결 부위가 삐걱거리거나 흔들림이 느껴지면 각 부분의 나사를 점검하고 다시 조여주는 게 좋다. 조립식 가구는 나사가 풀려 있을 때 움직이거나 체중을 가하면 체결 부위가 금방 망가진다. 갑작스러운 이사 등으로 부득이하게 가구를 해체할 일이 생길 때에도 규격에 맞는 렌치가 없으면 무척 곤란하다. 그러므로 한 번 손에 들어온 렌치는 버리지 않고 보관하기를 권한다.

L자형 렌치를 사용하는 방법은 두 가지가 있다.

(A) 긴 쪽을 나사 홈에 끼우고, 짧은 쪽을 쥐고 쓰는 방법
(B) 짧은 쪽을 나사 홈에 끼우고, 긴 쪽을 손에 쥐는 방법

(A)는 좁은 공간에서 나사를 죄거나 풀 때 유리하다. 대신 회전반경이 좁아서 힘을 전달하기 어렵다. 즉, 세게 조이기 어

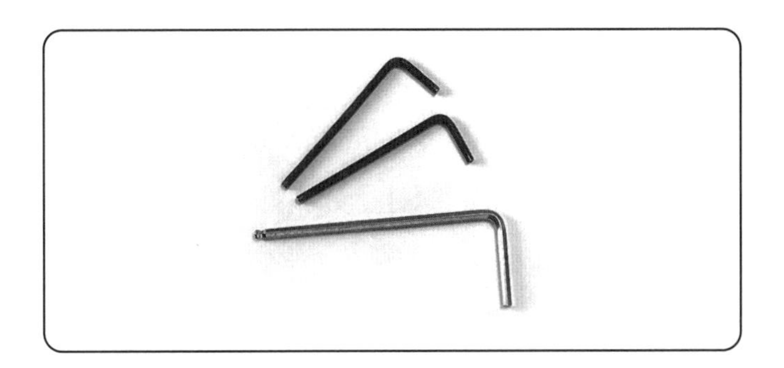

려운 방법이다. (B)는 작은 힘으로도 강하게 조일 수 있다. 대신에 공간이 좁을 때는 한 번에 여러 바퀴 돌릴 수 없어서, 나사 홈에 렌치를 뺐다가 끼우기를 반복하며 작업해야 하는 불편이 있다.

정리하자면, (A)의 장점은 '스피드', (B)의 장점은 '힘'이다. 나사 주변의 공간이 충분하다면 다음 방법을 추천한다.

나사를 조일 때: (A) 방식으로 끼워서 돌리다가 마지막 2~3회는 (B) 방식으로 강하게 조여준다.

나사를 풀 때: 빡빡하게 조여진 나사는 (B) 방식으로 풀다가 나사가 부드럽게 풀리기 시작하면 (A) 방식으로 빠르게 돌려준다.

전동 공구의 부속품을 연결하거나 교체할 때에도 육각 렌치가 필요하다. 전동 공구의 모터 힘을 견디려면 부속품을 아주 강하게 고정해야 한다. 공구를 사용하는 도중에 부속품이 빠져버리면 작업이 어려울 뿐 아니라 분리된 부속품이 튕겨나가 매우 위험하다. 육각 렌치가 이런 위험을 막아준다.

휴지걸이나 수건걸이 등 욕실 액세서리를 고정할 때에도 종종 육각 렌치가 필요하다. 욕실은 습도가 높기 때문에 고정 나사를 바깥으로 노출하지 않는 액세서리가 많다. 그런 것들은 잘 들여다보면, 육각형의 번데기너트(본체의 구멍에 끼워 넣어 부품을 단단하게 체결할 수 있도록 도와주는 철물로, 둥글고 주름진 생김새가 곤충의 번데기를 닮았다)로 고정되어 있다.

얼마 전, 문 손잡이를 고치는 데에 미니 사이즈 육각 렌치를 사용했다. 내가 사는 빌라 건물의 입구에는 커다란 나무 손잡이가 달린 유리문이 있다. 나무 손잡이는 한눈에 봐도 세월이 느껴지는 오래된 물건이었는데, 안쪽 손잡이는 유리문과 연결하는 부위가 쪼개지는 바람에 쓸 수 없게 되었다. 일주일이 넘도록 지하 창고 앞에 방치되어 있던 나무 손잡이를 챙겨서 집으로 가져왔다. 고쳐야 할 것을 눈앞에 마주하니 가슴이 설렜다.

갈라진 부분을 에폭시 접착제로 단단히 붙이고, 연결 부품을 제자리에 끼웠다. 나무 손잡이와 문을 연결하는 부품에는 아주 작은 구멍이 있었는데, 언뜻 원으로 보이지만 자세히 보니 육각형이었다. 세월이 흘러 녹이 슬고 망가져서 원형에 가까워지기는 했지만 다행히 아직은 렌치로 풀 수 있는 상태였다. 이 작은 구멍 하나가 무겁고 커다란 손잡이를 고정한다니, 문을 여닫을 때마다 매번 신기하다. L자형 육각 렌치의 조이는 힘은 그만큼 강력하다.

빌라를 나설 때마다 손잡이가 튼튼하게 고정되어 있는지 확인한다. 누가 고쳤는지 아는 사람은 아무도 없지만 나는 내가 자랑스럽다. 이 일을 해낸 또 다른 주인공 육각 렌치에게 이

기쁨을 전하고 싶다.

육각 렌치도 각이 닳아버리면 쓸 수 없는 소모품이기 때문에 쓸 때마다 이별을 각오해야 한다. 슬프지만 어쩔 수 없다. 그래서 육각 렌치는 서비스로 받은 것들도 하찮게 여기지 않고 모아둔다. 그것으로 단 한 바퀴만 돌릴 수 있다면, 다음 한 바퀴는 다른 육각 렌치가 돌려줄 테니까 말이다.

자

허술한 측정 공구의 미덕

필통에 자를 넣어 다니기 시작한 때부터, 나는 이 도구를 사랑해왔다. 눈앞에 궁금한 사물이 있으면 자를 꺼내 이리저리 길이를 재보는 것이 습관이 되었고, 맨손으로는 그릴 수 없는 정형적인 직선의 아름다움이 기꺼웠다. 어릴 적의 나는 종종 기계가 되고 싶다고 생각했으므로, 자를 이용해 직선을 긋는 일은 그런 욕구를 달래주는 일이었는지도 모른다.

나와 함께 나이를 먹은 삼각스케일은 종이에 간단한 도면을 그리거나 방안지의 점과 점을 연결할 때 사용한다. 삼각스케일은 납작한 자와는 달리 손으로 집거나 움직이기 편하고, 그 모양이 문구라기보다는 조각 장식품 또는 건축물의 축소판처럼 여겨진다. 본래는 백색이었으나 세월의 때가 누적되고 바래면서 자연히 동물의 뼈와 같은 색이 되었다. 삼각스케일에는 6종의 단위가 표기되어 있지만 내가 쓰는 것은 오직 100분의 1미터 단위뿐이다. 줄을 그을 때는 펜촉에 모서리가 닳을까 걱정되어 다른 단위가 표기된 부분을 대서 긋고, 센티미터와 밀리미터가 표기된 모서리는 길이를 잴 때만 사용한다. 이미 오랫동안 함께했지만 좀 더 같이 있고 싶어 애지중지하는 이 마음을 나의 삼각스케일은 알고 있을까?

일상적인 만들기와 DIY를 시작한 뒤로는 길이를 재는 데 유난히 재미를 붙였다. 화병의 높이를 재고, 좋아하는 책의 키를 재고, 손톱의 너비와 손가락의 길이를 잰다. 가끔은 외출할 때에도 줄자를 챙긴다. 호기심이 드는 대상을 발견하면 길이를 재본다. 길가에 버려진 의자의 폭을 재고, 가을이면 낙엽이 되어 떨어지는 거대한 플라타너스 잎을 잰다. 사소하지만 즐거운 습관이다.

외출 시에 동반하는 미니 줄자는 비닐에 눈금이 새겨져 있고 동그란 버튼을 누르면 스르륵 끈이 말려 들어간다. 이런 줄자는 어디에서나 쉽게 구할 수 있고 가격은 천 원 남짓, 측정 가능한 길이는 1.5m를 넘지 않는다. 줄자는 보통 몸이나 옷의 치수를 재는 용도로 쓰이지만 나는 아무것이나 잰다.

내 미니 줄자에는 아직도 가격표가 붙어 있다. 구입한 지 7년 가까이 되었으니 가격표도 그만큼 빛이 바랬다. 가격표에 쓰인 'DC클럽'은 경기도 부천에 있는 생활용품점이다. 당시 살던 동네에서 자주 다니던 가게다. 대부분의 물건은 사용 전에 가격표를 떼지만 좋아하는 가게의 물건은 일부러 떼지 않는다. 말하자면 이 줄자는 일종의 굿즈(기념품)인 셈이다.

이 미니 줄자로 측정 가능한 길이는 겨우 1.4m이지만 작고 가벼워 휴대하기 좋다. 집에 놓을 맞춤 가구를 만들거나 새로운 아이디어가 필요할 때면 입고 있는 옷 주머니에 미니 줄자를 넣어두고 수시로 길이를 잰다. 정확한 수치는 기대하지 않는다. '대강 어느 정도'라는 것만 알면 아이디어를 붙들고 진행시키는 데 무리가 없으니까.

미니 줄자는 책상에서 가장 가까운 벽면에 걸어둔다. 언제든 길이를 재고 싶으면 공구함을 뒤질 필요 없이 책상 앞으로 달려오면 된다. 요즘은 스마트폰 어플리케이션을 활용해 물체의 길이나 거리를 측정할 수 있지만, 실물과 아날로그에 익숙한 나에게는 아무래도 손으로 만질 수 있는 자가 마음이 놓인다. 줄자의 끝을 차라락 당겨서 길이를 잰 다음 스르륵 말려 들어가는 소리를 들어야만 제대로 일을 한 것 같은 기분이 드는 것이다.

물론, 예외도 있다. 무해한 플라스틱 줄자가 아닌 금속 테이프로 된 줄자라면 '차르륵 – 탁' 소리가 기껍지만은 않다. 나도 모르게 깜짝 놀라거나 소름이 끼치는 경우가 많다.

금속 줄자는 제품에 따라 짧게는 3m, 길게는 7m 넘게 잴 수 있다. 세워서 천장의 높이를 재거나 직각으로 접어 길이를 재는 것도 가능하고, 두 번 접어 ㄷ자 형태로 잴 수도 있다. 가격이나 소재, 기능도 천차만별이다. 금속 테이프 끝 갈고리에 자석이 있거나, 양면으로 눈금이 새겨져 있거나, 못 구멍을 수월하게 그릴 수 있도록 일정한 간격으로 구멍이 뚫려 있는 줄자도 있다. 내가 가지고 있는 줄자는 그에 비하면 참 미천한 물건이다. 이 물건의 가격은 단돈 2천 원. '제대로 된' 줄자라면 제품 외부에 측정 가능한 길이 정도는 쓰여 있기 마련인데, 이 물건은 본체에 아무 정보가 없다. 이 글을 쓰기 위해 처음으로 테이프를 끝까지 당겨보았다. 대략 4.7m(4,740mm)를 잴 수 있다.

이 허술한 자에도 나름 특별한 점이 있다. 금속 줄자에는 필수로 잠금장치가 있는데, 원하는 길이까지 금속 테이프를 꺼낸 다음 버튼을 움직여 줄자가 말려 들어가지 않도록 고정하는 방식이다. 테이프가 급히 말려 들어가면서 피부를 베지 않도록 안전장치를 만든 것이다. 그런데 이 줄자의 고정 버튼은 모양이 좀 다르다. 앞뒤로 움직이는 버튼이 아니라 누르는 방식의 버튼으로 되어 있다.

일반 줄자의 금속 테이프는 잠그지 않은 상태에서 자유롭게 움직이는 반면, 이 줄자의 금속 테이프는 매 순간 잠금 상태로 빡빡하게 고정되어 있다. 오히려 버튼을 눌러야만 줄자가 자유롭게 움직이는 식이다. 크기와 모양만 다를 뿐 앞에 소개한 미니 줄자와 구동 방식이 똑같다. 버튼을 앞뒤로 움직이는 식의 줄자는 금속 테이프를 꺼내는 동안에 놓치지 않도록 바짝 긴장해야 하지만, 이 줄자는 버튼을 누르지 않으면 자동으로 감기는 일이 없으므로 언제나 마음의 준비가 가능하다. 남들보다 겁이 많은 내가 이 미천한 줄자를 좋아하는 이유다.

다만 산업현장에서는 약간의 오차로도 큰 문제가 발생할 수 있기 때문에 이처럼 허술한 줄자를 쓸 수는 없겠다. 줄자계의 명품이라고 하는 일본제 타지마Tajima는 주로 건축 현장에서, 독일제 페스툴Festool은 목공 DIY를 하는 이들에게 유명한 브랜드인데, 나는 아직도 다이소 줄자를 다방면으로 쓰고 있다(제품 생산 브랜드를 알 수 없어 간편히 다이소 줄자라고 부른다). 습관처럼 자로 길이를 재고 DIY 가구로 내 공간을 채우는 건 분명 통제광의 일면이지만, 마음 한구석에는 '귀찮다, 대충 하자'라며 타이르는 느슨한 자아가 있다. 이 '대충 정신'이야말로 결과를 긍정적으로 받아들이고, 살림으로서의 만들기를 지속하게 하는 핵심이다. 나는 만들기나 수리를 할 때에 의식적으로 조금 느슨해지려고 한다. 일상의 만들기는 타인의 평가를 받아야 하는 결과물이 아닌, 자기만족과 돌봄을 위한 살림의 일부이기 때문에 마음의 부담을 덜어내는 것도 중요하다.

금속 줄자는 금속 테이프의 가운데 부분이 둥글게 휘어 있다. 얇은 금속 테이프를 길게 뽑더라도 휘지 않고 탄력을 유지하기 위해서다. 원리가 궁금하다면 얇은 A4 사이즈 종이를 한 번 들어보자. 종이를 단순히 집어 들기만 하면 손으로 들지 않은 쪽은 아래로 휘어버린다. 그러나 종이를 들 때 엄지로 가운데를 누르면서 쥐면 종이는 완만한 'U자'가 되면서 종이 끝까지 수평이 유지된다. 이처럼 테이프를 U자 형태로 만들면 금속 테이프가 휘어지거나 접히는 것을 어느 정도 억제할 수 있다. 케이스에 말려 들어갈 때 일반 줄자처럼 꼬이지 않는 것도 이 때문이다.

금속 줄자의 가장 중요한 특징 중 하나는 끝에 갈고리가 있고, 측정의 시작점이기도 한 이 갈고리가 앞뒤로 약간 움직인다는 것이다. 처음에는 갈고리가 움직이는 게 불량인 줄 알았다. 알고 보니, 오차를 줄이기 위해 갈고리의 두께만큼 움직이는 것이었다.

물체의 바깥 길이를 잰다면 이 갈고리를 물체에 걸어서 쭉 당긴다. 그러면 갈고리가 펴지며 1mm만큼 길이가 늘어난다. 갈고리의 두께 1mm가 측정하는 길이에 포함되지 않도록 배려한 것이다. 대신 물체의 안쪽을 잴 때에는 갈고리 부분을 최대한 밀어 넣어 잰다. 사실 갈고리의 두께는 1mm 안팎이기 때문에 오차가 크지는 않다. 그러나 정확한 치수를 알고 싶거나 또는 그렇게 해야만 하는 중요한 측정이라면 그 1mm도 놓치지 않는 게 좋을 것이다. 고작 1mm 차이 때문에 작업 시 문제가 생기거나 추가비용이 발생할 수도 있다.

만들기를 시작하기 전 내가 인지하는 최소 단위는 센티미터였다. 그런데 요즘은 무엇이든 밀리미터 단위로 생각한다. '12cm'와 같이 센티미터 단위로 딱 떨어지는 수치를 보면 '뒤가 생략된 게 아닐까?' 하는 불안감이 들 정도로, 어느새 밀리

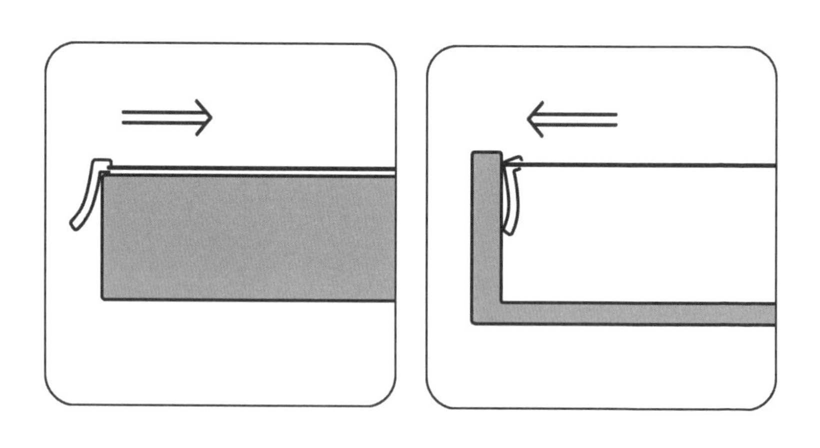

미터 눈금이 나의 머릿속을 지배하게 된 것이다.

만들기나 수선을 위해 여러 자재와 부품을 구입하다 보면 자연스럽게 밀리미터의 세계로 진입하게 된다. 제품의 제원이 밀리미터 단위로 적혀 있는 경우가 대부분이고, 규격도 밀리미터 기준으로 분류한다. 목재의 두께를 나타내는 '$T_{thickness}$'와 원지름 또는 구멍의 직경을 표기하는 '파이(Ø)'도 밀리미터 기준이다.

예를 들어 '자작 합판 18T'는 18mm 두께의 자작나무 합판이라는 뜻이고, '25파이 옷봉'은 옷걸이용 파이프의 지름이 25mm라는 것이다. 이렇듯 밀리미터 단위를 기본으로 하면서도 재는 위치나 물체의 형태에 따라 T나 Ø 등으로 단위를 분류해 치수를 헷갈리지 않도록 한다. 또한 전체 부피를 가늠할 수 있도록 직육면체로 가정하여 각 부분의 폭을 가로와 깊이(또는 세로), 높이로 나누어서 '가로(W)×깊이(D)×높이(H)'와 같이 표기한다. 이 역시 서로 간에 혼동을 줄이기 위한 사회적 약속이다.

치수를 잘못 재면 필요한 자재나 부품을 잘못 구입하거나 한참 진행하던 일도 처음부터 다시 시작해야 하는 불상사가 생긴다. 그렇기에 측정 공구는 만들기에 필수적인 도구이고, 진행 속도와 퀄리티를 결정하는 중요한 물건이다. 그럼에도 불구하고, 내가 사용하는 자들은 어딘지 허술한 데가 있다. 오래 사용한 삼각스케일은 끝 모서리가 두어 군데 깨졌고, 미니 줄자는 조금 늘어난 듯하며, 금속 줄자는 얼마나 정확한지 확신이 없다. 하지만 이런 측정 공구도 없는 것보다는 훨씬 내 삶을 뚜렷하게 만들어준다는 것을 안다.

나의 측정 공구들은 다들 어딘가 허술해 보이지만, 분명히 나를 안심시켜준다. 길이를 재고, 표시하고, 완성된 모습을 상상하게 하는 과정을 모두 함께한다. 길이를 잰다는 것은, 내 앞에 있는 대상을 조금 더 알게 되는 일이다. 이 대상이 몇 밀리미터의 존재인가를 파악하는 과정은 어떤 상황에서도 나에게 용기를 불어넣어 준다.

'몇 mm 부품을 쓰면, 이 문제가 해결될 거야.'

'이것을 몇 mm만큼 옆으로 옮기면 완벽한 위치가 될 거야.'

'이것은 몇 mm이니까 저 공간에 넣을 수 있어.'

측정 공구를 통해 얻는 수치에는 그만한 의미가 있다. 가구가 놓일 자리, 내 몸이 움직이는 면적과 동선, 물건과 물건 사이의 거리를 재면서 나는 확신한다. 내가 밀리미터 단위로 파악하고 있는 이 공간은 분명 나를 위한 자리, 내가 속한 곳이라고. 공간을 이해할수록 나는 안락함을 느끼고, 눈에 닿는 모든 곳이 친밀하게 느껴진다. 그러니 자를 꺼내어 틈날 때마다 이곳저곳 재보는 것이다. 지금 있는 곳에서 조금 더 편안해지기 위해서.

전동 드릴

지독하게 안 풀리는
나사도 있는 법

처음으로 나무에 나사못을 박았던 순간이 기억에 선명하다. 목재에 못 박을 위치를 엑스자(X)로 표시하고, 나사못의 날을 교차점에 갖다 댄 후, 드라이버를 힘주어 돌렸다. 나사의 빗면이 서서히 나무 안으로 밀려 들어갔고, 이 사소한 진보에 흥분하고 말았던 나는 이후에 벌어질 참사를 미처 예상하지 못했다.

찌이익, 나무가 갈라졌다. 소리가 났을 리 없는데 마치 들린 것 같았다. 나무의 결을 따라 쪼개지고 터진 흔적을 멍하니 내려다보았다. 뭐지? 뭐가 문제지? 전동 드라이버 세트에 드릴 비트가 추가로 들어 있는 이유를 전혀 생각해보지 않은 나는 이 문제의 인과관계를 얼른 떠올리지 못했다.

"나사를 박으려면 구멍을 먼저 뚫어야 합니다, 휴먼."

– 미래의 모호연으로부터

과거의 나에게 전해주고 싶은 말이다.

분쇄한 나무를 압축한 MDF와 달리 원목은 본래 나무의 결이 보존되어 있다. 그래서 나뭇결에 따라 결합이 약한 부위가 있고 옹이처럼 강한 부위가 있다. 나사못이 파고든 만큼 나무가 벌어진다고 생각해보면 당연한 결과다. 아주 가느다란 못은 괜찮지만, 구멍을 뚫지 않고 굵은 나사를 박으면 터질 수밖에 없다. 이렇게 터진 상태로 두면 나사못이 헐거워져 빠져나올 위험도 있고, 터진 거스러미에 피부가 긁히기도 쉽다. 안 보이는 곳에 임시로 박는 나사라면 관계없지만, 자주 쓰는 부분에 못을 박는 거라면 역시 정공법으로 '구멍을 먼저 뚫고' 나사를 박는 게 좋다.

전동 드라이버에 이어 또다시 보쉬 제품을 소개하게 된 것은 의도한 바가 아니다(PPL은 아무나 하나). 이렇게 간소한 모양의 충전식 드릴은 한 번에 많은 구멍을 뚫을 때, 또는 옷장이나 침대같이 대형 가구를 조립할 때 유리하다. 공구가 무거우면 빨리 피로해지니까. 그래서 나는 이 드릴을 좋아한다. 굳이 디월트Dewalt나 밀워키Milwaukee같이 약간 더 무겁고 기능이 뛰어난 기종으로 갈아탈 마음이 아직은 없다.

내가 쓰는 모델은 보쉬 GSR 1080-2-LI, 8만 원 대에 구입했다. 목공 커뮤니티에 가면 무조건 처음 구입할 때부터 좋은 공구를 사라고 하지만, 초보였던 나에게는 이 정도도 욕심 낸 결과다. 배터리는 작은데 확실하게 기본은 한다. 속도 조절이 가능하고 완충하면 생각보다 오래 쓸 수 있다. 속도를 최하로 줄이면 드라이버로도 쓸 수 있다. 물론, 드릴과 드라이버는 따로

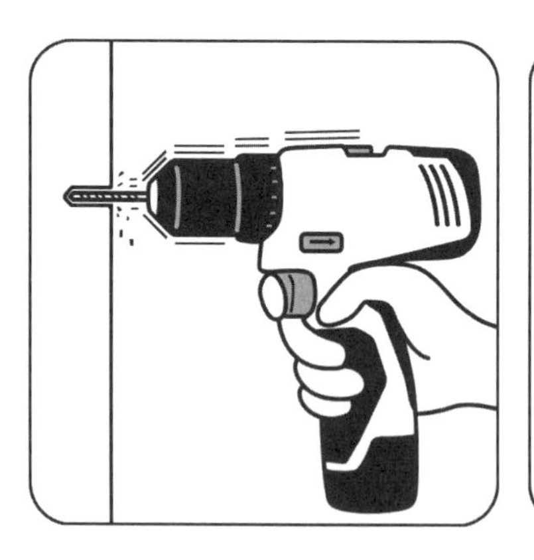

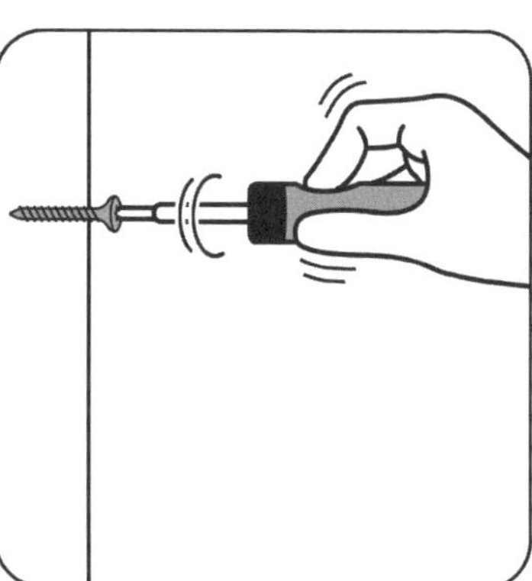

두고 번갈아 사용하는 게 역시 편하기 때문에 드라이버로 쓰는 일은 거의 없다.

전동 드릴과 드라이버는 간단한 기계라서 만져보고 돌려보면 기능 파악은 쉽다. 언뜻 장난감처럼 느껴지기도 한다. 특히 배터리를 빼거나 끼울 때는 장난감 총을 장전하는 듯한 기분이 든다.

지금부터 설명하는 기능은 '전동 드라이버' 편에서 생략된 내용이다. 드릴과 드라이버는 요구되는 토크torque가 다를 뿐 작동 원리와 구조는 완벽히 같다. 토크란, 물체가 회전하는 힘의 단위를 말한다. 드릴 척drill chuck(전동 드릴에 드릴 비트를 끼우는 고정 장치)이 회전하는 속도, 그리고 그 회전력을 버티는 힘이 공구가 지닌 능력이다. 토크 조절은 숫자가 쓰여 있는 다이얼을 돌려서 할 수 있다. 내가 가진 드릴은 드라이버 15단계, 그리고 최고 토크 단계인 드릴 단계가 있다.

화살표가 새겨져 있는 회전 방향 전환 버튼을 누르면 딸각 소리가 나면서 드릴이 돌아가는 방향이 반대로 바뀐다. 시계 방향과 반시계 방향. 대체로 시계 방향이 나사를 돌려 박는 방향이고, 반시계 방향이 나사를 풀어내는 방향이다. 드릴 비트의 날도 나사와 같은 방향으로 파고 들어가기 때문에 구멍을 뚫을 때는 시계 방향으로, 자재에 박힌 드릴 비트를 뽑아낼 때에는 반시계 방향으로 돌려주면 자연스럽게 빠진다. 힘으로 뺐다가는 드릴 비트의 날이 상하거나 부러질 수 있으므로 주의해야 한다.

드릴 비트는 드릴 척을 돌려서 빼거나 끼운다. 힘이 강한 드릴은 드릴 비트를 더 강하게 고정해야 하므로 렌치와 같은 키key를 돌려 한 번 더 고정하는 방식을 쓴다. 키레스 척keyless chuck은 다른 도구(키) 없이 맨손으로 고정할 수 있어 간편한 대신, 사용 중에 비트가 빠지기도 한다(그럴 때는 어김없이 drop the bit… 아, 아닙니다…). 한 손으로 손잡이를 잡고, 다른 손으로 드릴 척 부분을 돌리면 맞물려 있던 구멍이 넓어지거나 좁아진다. 드릴 비트의 굵기에 따라서 이 부분을 조절해서 쓰면 된다.

전동 드라이버 외에 드릴이 하나 더 있으니 작업 속도가 무척 빠르다. 드릴 비트와 드라이버 비트를 갈아 끼울 필요가 없다는 게 이렇게 편할 줄 몰랐다. 이래서 공구 사랑맨들이 낡은 공구를 절대 버리지 않고 개수만 늘려가는 모양이다. 유난히 손이 많이 갔던 주방 카운터도 이 드릴과 함께 빠르게 만들어냈다.

주방 카운터는 이사를 하면서 기존 가구의 용도를 바꾸어 만들어낸 것인데, 카운터 하단에 있는 서랍장은 예전에 옷 서랍과 커피 테이블로 각각 사용하던 것이다. 리폼해서 새 기능을 추가하고, 위에 고무나무 소재의 판재를 대서 통일감을 주었다. 고무나무는 다른 나무보다 물기를 덜 빨아들이고 다루기도 쉬운데다 색상이 밝아 좁은 주방을 환하게 만드는 데 한몫을 했다. 카운터 벽 쪽에는 합판으로 일종의 가벽을 만들었다. 넓은 면적으로 보이는 나뭇결이 아름답고 멋스럽다. 내 전동 드릴로 콘크리트 벽은 못 뚫지만, 이 합판은 간단히 뚫을 수 있다.

물론, 전동 드릴을 가구를 만드는 데에만 쓰지는 않는다. 커튼을 설치하거나 천장에 등기구를 달 때에도 구멍을 내고 나사를 박는 작업을 한다. 대체로 창문, 베란다 문 앞에 위치하는 커튼 박스에는 벽지 너머에 목재로 된 구조재가 숨어 있다. 천장에 등을 달 때에도 콘크리트나 석고보드에 직접 구멍을 뚫는 것보다는 천장을 지나가는 목재 구조재에 구멍을 뚫는 것이 편리하고 안전하다. 등기구를 떼어내면 나사를 고정했던 목재가 드러나 보이기도 한다. 보쉬 전동 드릴은 딱 거기까지. 나무와 석고보드에 구멍을 내는 데까지는 수월하게 도움을 주었다.

문제는 콘크리트다. 콘크리트에 구멍을 뚫으려면 '해머 드릴'이라는 전동 공구가 필요하다. 겉보기엔 전동 드릴과 비슷해 보이지만 아주 특별한 해머 기능이 있다. 드릴질을 할 때 망치질을 하듯 강한 타격이 동시에 가해진다. 일반 전동 드릴이 '위잉' 하고 회전하는 소음을 낸다면, 해머 드릴은 회전 소음 외에도 '두다다다다다' 하는 망치 소리가 동시에 들린다.

해머 드릴은 함마 드릴이라고도 불린다. 해머 드릴은 망치 하나의 무게가 더해진 것처럼 무거워서 다용도로 활용하기에는 부담이 된다. 가격은 유선 해머 드릴의 경우 10만 원이 훌쩍 넘고, 배터리 충전식 무선 드릴이라면 쓸 만한 브랜드가 대략 20만 원가량이다. 기회가 될 때마다 관찰한 결과, 현장에서는 디월트나 밀워키, 아임삭Aimsak이 많이 쓰인다. 믿음직한 국내 브랜드로는 계양이 있다.

콘크리트에 구멍을 뚫을 거라면 18V 이상의 사양을 추천한다. 유선 해머 드릴을 구입하는 경우, 양손으로 잡을 수 있도록 보조 손잡이를 추가로 구입한다. 유선 해머 드릴은 무게가 앞으로 쏠리기 때문에 양손으로 잡아야 드릴을 안정적으로 들고 작업할 수 있다. 그러나 기왕에 해머 드릴을 구입한다면 가격이 부담스럽더라도 배터리 착탈식의 무선 제품이 좋겠다. 콘센트 연결이나 전기선의 길이 따위를 신경 쓰지 않고 아무데서나 사용할 수 있으니까.

지역 주민센터에서는 주민들을 위한 공구 대여 서비스를 제공하고 있는데, 간혹 해머 드릴도 찾아볼 수 있다. 주민센터 공구 대여 서비스는 신분증만 있으면 내가 원하는 공구를 일정 기간 대여 가능하다. 가격은 무료다. 인터넷을 검색해보면 공구를 대여해주는 전문 업체들도 있다. 비용은 들지만 가격이 비싼 전문 공구도 대여할 수 있다. 자주 사용하지 않는다면 개인이 모든 공구를 갖추어야 할 필요는 없다. 그때그때 내게 맞는 서비스를 활용하면 되는 것이다.

언젠가는 친구들이나 지인들끼리 서로 공구를 대여해주는 공구 대여 커뮤니티도 만들어보고 싶다. 하고 싶은 일이 있고, 어떻게 해야 할지 느낌이 온다면 무조건 도전해보려고 한다. 아무것도 시도하지 않을 때보다는 분명 재미있는 일이 벌어질 테니까 말이다.

혹시 집에 전동 드릴이 있는가? 그렇다면 공구를 잘 살펴보고 어딘가에 망치 모양의 그림이 있는지 확인해보자. 망치 그림이 있다면 해머 기능이 딸린 것이다. 이게 없을 때에는 콘크리트 벽을 뚫으려 애쓰지 말자. 기술이 있어도 굉장히 어려울뿐더러 드릴 날이 빠지거나 부러져 위험에 처할 수 있다.

그런데 일반 드릴로 콘크리트 벽이 뚫린다? 그렇다면 당신의 타고난 인내심과 신체 능력을 찬양할 일이다. 만약 그것도 아니라면 해당 건물과 건설사를 신뢰하기는 어렵겠다. 대체 얼마나 자재를 빼돌렸기에 벽이 그렇게 무른 것인지…(모호연은 원체 의심이 많은 사람이다).

반대의 경우, 그러니까 힘이 강한 드릴을 썼는데 구멍이 잘 안 뚫린다면? 자학하지 말고 안심하자. 당신은 아주 충실하게 지어진 단단한 집에 살고 있는 것이다. 우리는 공구를 사용할 때 우리 자신을 탓하지 않고 어떻게든 색다른 원인을 만들어내야만 한다. 나를 의심하는 습관은 무엇도 시도하지 못하게 만들기 때문이다. 실수를 했더라도 어떻게든 만회할 방법을 찾으면 된다. 만약 돌이킬 수 없는 실수를 한 경우에도 그 실수를 통해 배운 것들을 잊지 않는다면 그것으로 충분하다.

우리집 현관문에는 잊지 못할 사연이 있다. 현관문 도어락 같은 안전 잠금장치는 쉽게 떼어내지면 안 되기 때문에 임팩트 드라이버로 나사를 조인다. 임팩트 드라이버는 임팩 드라이버라고도 불린다. 해머 기능이 있지만 이 공구의 타격(두드리는 힘)은 못을 치는 방향이 아니라 회전 방향(시계 방향이나 반시계 방향)으로 가해진다. 그래서 구멍을 뚫는 용도가 아니라 나사못을 강하게 박거나 풀어내는 용도로 많이 쓰이는 공구다. 임팩 드라이버로 박은 나사는 웬만해선 일반 드릴로 풀 수 없다.

이런 사실을 몰랐던 나는 일반 드릴로 도어락을 떼어내려다 나사머리만 잔뜩 뭉개고 말았다. 전동 드릴의 힘이 부족한가 싶어 맨손으로도 돌려보았지만 헛수고였다. 아무리 힘을 주고 돌려도 나사는 꿈쩍하지 않았다. 안 되면 안 된다는 사실을 인정하고 빠르게 포기해야 하는데 마치 오류가 난 기계처럼 같은 동작을 반복하던 나는, 나사머리가 완전히 뭉개지고 나서야 손을 뗐다. 노력한다고, 끈기가 있다고 모든 일이 해결되는 것은 아니다. 나는 아무 일 없었던 것처럼 조용히 도어락의 뚜껑을 닫아 잠갔다. 그리고 이 실패를 영영 숨기기로 했다

(이 글을 읽는 여러분은 알게 되었지만).

이 일이 있고 난 후부터 나는 '지독하게 안 풀리는 나사'는 애쓰지 않고 내버려둔다. 그리고 문제를 해결할 다른 방법을 찾는다. 위급한 일이라면 주민센터에서 전문 공구를 빌리거나 일을 대신해줄 전문가에게 요청해야겠지만, 그렇게까지 할 문제가 아니라면 눈을 질끈 감고서 다음 문제, 다음 스텝으로 넘어간다. 나의 전동 드릴, 내가 가진 공구로 해결할 수 있는 문제에 집중한다.

이 전동 드릴은 배터리가 일체형이 아니라서 다행이다. 막상 배터리를 교체할 때가 되면 새 드릴을 사고 싶을 수도 있겠지만, 아무리 생각해도 나에겐 이 전동 드릴로 충분한 것 같다. 더 많은 기능을 가진 공구를 사면, 더 많은 사고를 칠지도 모르겠다. 그리고 그 사고들은 지금처럼 대충 무마하기가 어려울지도 모른다. 불안함의 영역을 키우지 않고 주어진 환경에서 최대한 도전하기. 보쉬 전동 드릴과 함께하는 지금이 나는 무척 만족스럽다.

드릴 비트와 앙카

휠지언정 부러지지 않으리

구멍이 없는 온전한 상태의 벽은 아름답다. 창으로 들어온 빛이 무엇에도 방해받지 않고 곧게 뻗어 있는 풍경을 좋아하지 않는 사람이 있을까? 그러나 모든 집의 벽이 갤러리처럼 매끈할 수도, 오롯이 비어 있을 수도 없다. 커다란 벽거울과 수납장, 액자와 달력을 걸기 위해 우리는 벽에 구멍을 뚫는다. 이는 적잖은 용기를 필요로 하는 일이다. 구멍을 뚫는 것이 단지 벽을 훼손하는 일이라고 여겨진다면 그런 용기를 내기 어렵다. 그러나 모든 구멍에는 목적이 있고, 목적을 충실히 달성한다면 벽에 구멍이 뚫렸다고 손해 본 기분이 들지는 않는다. 오히려 작은 구멍 하나가 감당하는 힘과 역할에 감탄하게 된다.

구멍을 뚫는 일은 이것과 저것을 연결하기 위한 과정이다. 구멍을 뚫어 연결하는 것은 매끈한 표면에 접착제나 테이프로 붙이는 것과는 비교할 수 없이 강하다. 무엇이든 단단하게 연결되려면 깎여 들어간 부분이 있어야 하는 것이다.

구멍을 뚫는 것은 전동 드릴의 일이지만 연결하는 것은 다른 공구의 일이라서, 전동 드릴은 단독으로 쓰이기보다 자연스럽게 망치, 드라이버 등의 공구와 짝을 이룬다. 피스를 박는다면 드라이버와 함께 할 것이고, 앙카를 사용한다면 망치와 드라이버, 전동 드릴이 한 팀으로 활약하게 될 것이다.

드릴 비트는 전동 드릴에 끼워 쓰는 부품이다. 드릴 비트가 없다면 전동 드릴은 그저 시끄럽게 돌아가는 모터일 뿐이다. 드릴 비트는 구멍 크기에 따라, 박을 소재의 강도에 따라 골라 쓴다. 작업에 따라 한 번에 여러 종류의 드릴 비트가 필요할 수도 있다.

각각의 드릴 비트에는 규격이 새겨져 있다. 예를 들어, 숫자 3은 지름 3mm의 구멍을 만든다는 뜻이다. 6이 쓰인 비트는 6mm 구멍을 만든다. 구멍에 박을 못의 두께가 4mm라면, 3mm짜리 드릴 비트를 쓰면 알맞다. 나사못의 두께보다 1mm 정도 작은 구멍을 뚫으면 나사가 소재를 망가뜨리지 않으면서도 헐겁지 않게 단단히 고정된다.

목공을 할 때는 종종 6mm나 8mm 드릴 비트도 사용한다. 그만한 사이즈의 볼트를 쓰는 일도 간혹 있지만 이는 나사못 대신 목심을 박기 위한 것이다. 목심이란 나무못을 말한다. 나무로 된 다보라 해서 목다보라고도 부른다. 6mm, 8mm, 10mm 사이즈가 두루 쓰인다. 이케아의 가장 인기 있는 책장 칼락스Kallax나 빌리Billy를 조립해본 사람이라면 목심을 다루어본 적 있을 것이다. 목심은 보통 조립식 가구를 만들 때에나 종종 만나서 안부를 묻는 관계다.

목공풀과 함께 목심을 쓰면 나무가 풀 속의 수분을 머금어 부풀어 오르면서 단단하게 고정된다. 짜맞춤 공법만큼 튼튼하지는 않더라도, 목심을 쓰면 나사가 풀려 망가지는 일은 없다. 마감도 깔끔하고 예쁘다. 하지만 평범한 드릴로는 다보 구멍을 정확한 각도로 뚫기 어렵기 때문에 자주 사용하지는 않는다.

드릴 비트 가운데 가장 손이 많이 가는 것은 이중 드릴 비트다. 말 그대로 드릴 비트를 이중으로 끼워 쓰는 것이다. 이중 드릴 비트를 사용하면 구멍을 뚫으면서 나사머리를 숨기는 구멍도 한 번에 만들 수 있다. 일반 드릴 비트로 나사머리를 숨기려면 3mm 드릴을 쓴 다음 나사머리 크기의 드릴 비트를 끼워서 다시 한 번 드릴질을 하므로 번거롭다. 이중 드릴 비트를 사용하면 두 가지를 한 번에 할 수 있어 시간과 에너지가 크게 절약된다. 이렇게 구멍 안으로 박은 나사못은 바깥으로 머리가 드러난 것보다 단단하게 고정되고 시일이 지나도 덜 풀린다. 나사못을 숨긴 구멍에 마지막으로 목심까지 박아서 마감하면 더욱 매끈한 표면이 만들어진다.

또 하나는 안전상의 기능이다. 드릴을 작동하면 드릴 비트가 소재와 마찰하면서 금방 뜨거워진다. 열이 오르면 드릴 척의 구멍이 헐거워져 드릴 비트가 빠지기도 하는데, 3mm처럼 가는 드릴 비트는 아무리 단단히 조여도 열이 오르면 쉽게 빠진다. 이중 드릴 비트는 드릴 척 연결 부위의 지름이 6mm

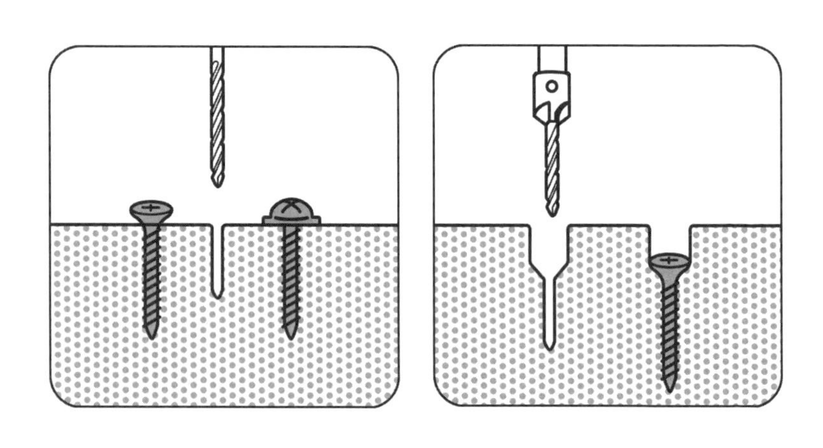

정도로 두꺼워서 3mm 비트를 단독으로 쓸 때보다 안정적이다. 빠질 때마다 다시 끼워가며 사용하는 수고를 더는 것이다.

나사를 굳이 숨길 필요가 없다면 일반 드릴 비트를 써서 구멍을 뚫고, 접촉면이 납작한 와셔머리(또는 우산머리) 나사못을 박으면 된다. 같은 구멍이라도 머리가 비스듬한 접시머리 나사를 무리하게 돌려 박으면 소재가 망가질 수 있으니 주의한다.

드릴 비트에는 숫자만이 아니라 'CV'나 'HSS'처럼 영문자가 새겨진 것도 있다. 드릴 비트가 어떤 합금강으로 되어 있는지를 표시하는 것이다. CV는 크롬-바나듐 강Chrome Vanadium Steel의 머리말로 목재용으로 많이 쓰인다. 목재보다 무른 소재라면 무엇이든 뚫을 수 있다. 하지만 그보다 단단한 것이면, 단 한 번의 사용으로도 망가질 수 있다.

목재용 드릴 비트는 모양이 꽤 섬세하다. 날이 잘 서 있고 끝이 뾰족한 것도 많다. 강한 드릴 비트가 있는데 굳이 목재용 드릴 비트를 사용하는 이유는, 목재용 드릴 비트로 뚫는 구멍이 훨씬 부드럽고 예쁘기 때문이다.

콘크리트용 드릴 비트는 생김새가 좀 무디고 뭉툭하다. 하지만 아주 단단해서 타격하는 힘이 들어가는 해머 드릴에도 끄떡없이 버텨준다. 이것은 오직 해머 드릴에만 유용하다. 집에 해머 드릴이 없다면 차라리 HSS 소재의 날카로운 드릴 비트를 쓰는 것이 구멍을 뚫는 데 도움이 된다.

HSS는 High Speed Steel, 우리말로 고속도강('하이스강'이라고도 부른다)이라 부르는 합금이다. HSS는 철판 같은 금속 자재도 뚫을 수 있는 고성능 소재다. 드릴이 고속으로 회전하면 드릴 비트가 열을 받아 변형이 올 수 있는데, HSS는 열에 의한 변형이 적어서 안정적으로 사용할 수 있다. 일반 드릴로 콘크리트 벽을 뚫을 일이 없기를 바라지만 간절하다면 HSS 드릴 비트를 끼워서 최선을 다해볼 수 있겠다. 나에게도 HSS 드릴 비트는 유사시를 대비한 마지막 카드랄까.

단, 열에 강한 소재라고 해서 안 뜨거워지는 건 아니다. 어떤 소재든 드릴질을 연속으로 하다 보면 마찰 때문에 드릴 비트가 뜨겁게 달아오른다. 화상을 입지 않도록 장갑을 끼거나 맨손으로 뜨거운 드릴 비트를 만지지 않도록 한다.

처음 콘크리트용 드릴 비트를 봤을 때에는 '이건 왜 이렇게 굵지?' 하는 궁금증이 있었다. 4mm짜리 드릴 비트의 존재는 이해가 갔다. 가장 많이 쓰이는 못의 굵기가 4mm 전후이니까. 그런데 콘크리트 벽에 6mm, 8mm짜리 구멍은 왜 뚫는단 말인가.

지금 주위에 자나 줄자가 있다면 6mm가 얼마나 되는지 확인해보자. 생각보다 꽤 두껍다. 콘크리트에 이만한 구멍을 뚫을 이유가 있을까? 혹시 6mm짜리 콘크리트 못을 박는 용도일까? 그런데 가정에서 그 두께의 못을 사용할 일이 있나?

알고 보니, 6mm짜리 구멍은 못이 아닌 앙카를 위한 것이었다. 앙카는 나사와 함께 사용하는 연질 플라스틱 부속으로 앵커anchor, 칼브럭이라고도 부른다. 칼브럭은 일본의 제품명에서 유래한 이름이다. 콘크리트나 석고보드는 나무처럼 섬유가 있는 소재가 아니기 때문에 나사못을 잘못 쓰면 못의 날이 구멍을 갉아내서 기껏 맞춰서 뚫은 구멍이 금세 넓어지고 만다. 즉, 부서지는 성질 때문에 못이 쉽게 빠질 수 있다는 말이다. 그런 상황이면 나사못도 날이 멀쩡하지는 못할 것이다. 이런 단점을 보완하기 위해 콘크리트 벽에 못을 박을 때에는 연질의 플라스틱 앙카를 구멍에 먼저 박는다.

가정집의 콘크리트 벽에는 플라스틱 앙카를 많이 쓴다. 앙카를 박는 방법은 구입할 때 상세페이지를 열심히 읽으면 누구나 알 수 있지만, 다음 3단계로 설명할 수 있다.

1단계: 구멍 뚫기. 앙카 사이즈와 같은 드릴 비트로 구멍을 뚫는다. 6mm 앙카를 쓰려면 6mm 드릴 비트를 사용하면 된다.

2단계: 앙카 박기. 망치로 가볍게 두드려서 앙카를 구멍에 박아 넣는다. 너무 세게 치거나 많이 치면 앙카가 뭉개지므로 주의한다(나는 쇠망치고, 너는 플라스틱 앙카야…). 박아 넣은 앙카가 너무 길면 커터로 튀어나온 부분을 잘라낸다.

3단계: 앙카에 피스 박기. 앙카의 구멍에 피스(나사못)를 박되, 앙카의 규격에 맞는 피스를 고른다. 피스의 사이즈를 잘 모른다면 되도록 앙카를 구입할 때 동봉되어 있는 피스를 사용한다.

구멍에 플라스틱 앙카를 넣은 다음 피스를 박으면 아주 강력한 힘을 갖는다. 고작 피스 두 개로 성인의 상체만 한 사이즈의 무거운 나무 선반장을 벽에 걸 수 있다. 앙카에는 여러 홈이 나 있어 플라스틱 앙카를 넣고 나사를 돌리면 구멍 안에서 앙카가 찌그러진다. 이 찌그러진 플라스틱 소재가 나사못의 여백을 탄력 있게 채워주는 것이다. 피스에 무게가 실리면 구멍 안에서 미세하게 위치가 바뀌는데, 앙카가 있으면 끄떡없다. 찌그러진 플라스틱이 어떻게든 못을 붙들어줄 것이다.

석고 앙카의 경우는 원리가 좀 다르다. 석고 앙카는 석고보드에 쓰는 전용 앙카다. 여리디 여린 석고보드는 시시때때로 부서지기 때문에 아무 대비 없이 나사못을 박고 선반을 달았다가는 어느 날 갑자기 선반이 떨어져 물건들이 와르르 쏟아지는 사고가 발생할 수 있다. 이런 이유로, 석고보드에도 무조건 앙카를 박은 다음 나사를 박아야 안전하다.

석고 앙카는 금속 소재로, 나선으로 된 깊은 날이 있고 차지하는 면적도 넓다. 석고 앙카는 설치하기 전에 따로 구멍을 뚫지 않고, 앙카로 직접 구멍을 뚫는 방식이다. 석고 앙카의 머

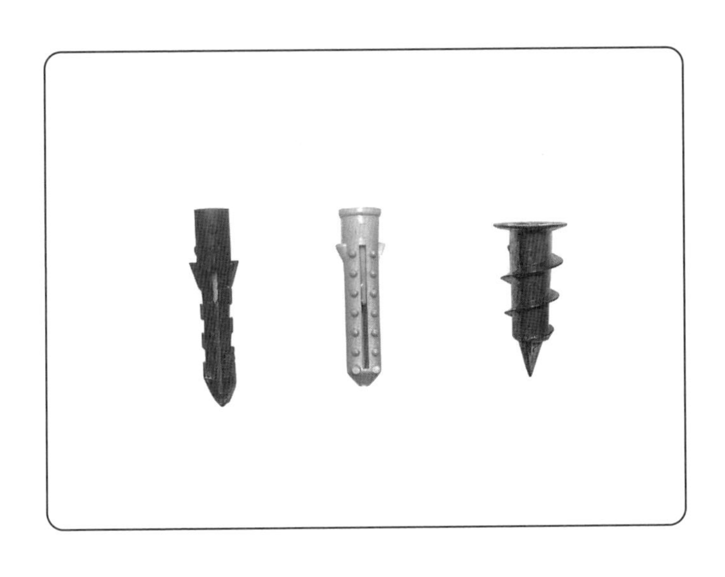

리에는 십자 홈이 나 있는데, 여기에 십자 드라이버를 끼워 돌려 박을 수 있다. 단, 석고보드는 워낙 무르기 때문에 드라이버를 너무 많이 돌렸다가는 구멍이 망가진다. 석고 앙카를 박을 때에는 앙카의 날이 벽에 완전히 들어가면 드라이버를 바로 멈춰야 한다. 더 돌리면, 날이 석고를 뭉개서 앙카가 빠지고, 구멍을 새로 뚫어야 하는 슬픈 일이 생긴다(나는 왜 이런 걸 알고 있을까). 그러므로 전동 드라이버를 쓰기보다는 손힘으로 천천히 돌려 박는 게 안전하다. 석고 앙카는 반드시 구입할 때 동봉되어 있는 피스를 사용한다. 플라스틱 앙카와 달리 석고 앙카는 앙카에 정확하게 맞는 규격의 나사를 써야 하기 때문이다.

석고 앙카는 마음만 먹으면 재사용이 가능하다. 날에 묻어 있는 석고를 손톱이나 커터 등으로 제거하고 다시 쓰면 된다. 그래서 나는 이사할 때마다 내가 박은 석고 앙카를 뽑아서 챙기고, 석고보드에 남은 구멍을 퍼티로 메워서 보수해놓는다. 물론 모든 벽이 콘크리트인 집으로 와서 더 이상 쓸 곳이 없어졌지만 몇 년 주기로 집을 옮겨다니는 입장이니, 미래를 생각해 석고 앙카 몇 개쯤은 가지고 있어도 되겠지.

따지고 보면 콘크리트 벽에 박힌 플라스틱 앙카 역시 재사용하는 방법이 있다. 구멍에서 앙카와 못을 빼지 않고 다시 쓰는 것이다. 구멍만 있고 못이 없다면 피스를 다시 박아 사용한다. 못 구멍이 빡빡하고 피스가 흔들리지 않으면 무엇이든 걸어도 괜찮다. 이사하면서 내 방식으로 집을 꾸밀 때마다 벽에 못을 더 박지 않고 해결할 궁리를 하는데, 대체로 적당한 아이디어를 떠올려 기존의 구멍을 재활용하곤 한다. 못 박아줄 사람을 따로 구하지 않고 혼자 힘으로 해결하는 방법 중에는 내가 스스로 박는 것 외에도 박지 않고 문제를 해결하는 법도 있다. 그래서 나는 남이 박아놓은 못을 보면 매번 반갑다. 내가 별다른 노동을 하지 않고도 아이디어를 실행할 방법을 찾게 될 테니까.

플라스틱 앙카는 섬유처럼 잘 비틀리고 잘 찌부러지지만, 콘크리트나 못처럼 단단한 것들의 빈틈을 채우기에는 부족함이 없다. 구멍을 뚫기 좋은 소재가 정해져 있지 않듯이, 단단함을 유지하고 무거운 것들을 버텨내는 힘은 그러한 탄력에서 비롯되는 것인지도 모른다.

전동 드릴을 들고 소재 앞에 서면 꽤 감상적인 생각에 빠지기도 한다. 이것을 사람의 일에 비유한다면, 나는 무엇으로든 잘 뚫리는 재질인가? 아니면 다루기 까다로운 소재일까?

구멍이 잘 뚫리는 소재는 다루기 쉽지만, 금방 헐거워질 것 같은 불안감이 있다. 반면에 단단한 소재를 앞에 두면 막막한 기분이 들지만 일단 뚫고 나면 믿음직하다. 내가 그것의 존재를 잊어버려도 구멍은 항상 그 자리에서 못을 품고 있다. 그러나 생각이 더 깊어지면 어느 쪽이 더 강하다고 말하기 어렵다.

나무처럼 잘 뚫리는 소재는 드릴질을 하는 만큼 구멍이 생길 뿐, 쉽게 쪼개지거나 갈라지지 않는다. 세라믹 타일은 나무보다 단단하지만 정확한 도구를 쓰지 않으면 금이 가거나 깨져버린다. 한편 콘크리트는 뚫기 어려우나 구멍을 다시 메워서 매끈하게 하는 방법이 있다. 모두의 쓰임이 다르고, 쓰는 방법도 다르다.

그래서 나는 어떤 소재가 구멍을 뚫기 좋은가에 대해 생각하지 않게 됐다. 중요한 것은 구상과 목적이고, 그것을 위해 생각하고 행동하는 일이다. 나는 때에 따라 얼마든지 무르고 부드러운 소재가 될 수 있고, 까다롭고 단단한 소재가 될 수도 있다. 어떻게든 세상과 연결되기 위해서 나의 일부를 깎아낼 각오가 되어 있다. 쓰지 못할 구멍이 생겨도, 그것을 메우지 못해도 괜찮다. 나라는 소재에 생긴 자국들은 내가 무언가를 하려고 애쓴 흔적일 테니까.

모든 소재를 다룰 수 있는 절대적인 기계, 절대적인 방법이란 없다는 것도 이제는 안다. 그러니 온전함에 대한 동경을 버리고, 기꺼이 깎일 작정을 하는 것이다. 적절한 때, 적절한 용도로 쓰이는 사람이 되기 위해서.

사포와 수동 샌딩기

무리하지 않는 선에서

가끔 뜨거운 목욕물에 몸을 불려 때를 민다. 까칠한 때밀이 장갑에 손을 끼우고 야무지게 피부를 문대면 보이지 않던 각질들이 뿌옇게 밀려 나온다. 그 모습이 참 시원스럽기도 하고, 한편으로는 부당하게 나를 괴롭히며 몸의 일부를 벗겨내는 게 아닌가 하는 의심이 들기도 한다. 하지만 의심은 오래가지 않는다. 때를 밀어낸 피부는 매끈하고, 영혼의 둔감한 껍데기를 한 겹 벗겨낸 듯 마음이 가볍고 맑아지기 때문이다.

가끔 사포질을 하면서 때를 미는 생각을 한다. 그리고 때를 밀 때에도 가끔은 사포질을 하는 상상을 한다. 내 몸이 나무라면 때밀이 장갑이 아닌 사포로 문질러서 표면을 매끄럽게 만들 것이다. 나무는 스스로 때를 밀 수 없으니 대신 사포질을 해줄 세신사가 필요할 테고 나는 지겨움을 모르는 세신사다. 그런 생각을 하면 단순한 반복 작업에 불과한 사포질도 흥이 난다. 그저 나무를 만지는 시간이 각별하고 친밀하게 느껴지는 것이다.

어느 공간에 있어도 나무 소재로 만든 물건들에 둘러싸이게 된다. 살아 있는 나무는 아니지만 그들도 언젠가는 땅에 뿌리를 박고 서서 빛을 쬐고 씨앗을 퍼뜨리던 나무였을 것이다. 필름지를 씌운 탓에 가짜로 보이는 MDF도 원래는 나무이고, 조립식 가구에 많이 쓰이는 파티클보드 역시 엄연한 나무다. 내 책상도 백색으로 코팅된 파티클보드를 조립한 것인데, 겉모습은 매끈한 플라스틱 소재에 가까워 보이지만 내부는 고열과 접착제로 압착시킨 목재 섬유로 이루어져 있다. MDF와 파티클보드는 나무를 자르고 가공하는 단계에서 생성되는 톱밥, 나뭇조각 등을 재활용한 자재다. 원목에 비하면 싸구려 취급을 받기는 하지만 나름 장점이 있다. 소음을 잘 흡수하고, 방수 필름을 씌워 오염에 강하다. 필름이 온전하기만 하면 생각보다 오래 사용할 수 있다. 그럼에도 필름을 씌운 나무는 역시 나무 같지 않다. 일부러 나뭇결과 옹이를 흉내 낸 필름을 붙였더라도 굳이 만지고 싶은 기분은 들지 않는다. 그 미끈한 감촉은 진짜가 아니다. 진짜 나무는 가루가 된 채 그 안에 갇혀 있다.

원목을 사용한 가구는 매끄럽지 않은 것이라도 어루만지고 싶다. 나무는 어느 계절이든 온도가 비슷하게 느껴져서 마치 체온을 유지하는 동물처럼 유유한 존재감이 있다. 종류에 따라 색상과 나뭇결이 다르고, 통원목이 아닌 것들은 나뭇조각을 일정하게 짜 맞춘 흔적이 눈에 띈다. 이것을 집성목이라 하는데, 집성목의 패턴 역시 동물의 털이나 비늘같이 개체의 독특한 특성처럼 느껴진다. 우리 집 원목 가구를 만져보면 어떤 것은 아주 매끈하고, 어떤 것은 조금 거칠다.

원목 제품을 오래 쓰려면 반드시 칠을 해야 하는데 가끔은 나무 속살의 창백한 색상이 마음에 들어 도색 단계를 뛰어넘기도 한다. 모든 게 만드는 사람, 즉 내 마음대로다. 그래도 사포질만큼은 절대 건너뛰지 않는다. 덜 할망정 반드시 한다. 세신사처럼 손에 사포를 말아 쥐고, 나무의 몸을 이리저리 뒤집어가며 매끈하게 밀어내는 것이다. 이렇게 사포를 사용해 자재를 다듬는 과정을 사포질, 또는 샌딩sanding이라고 한다.

사포sandpaper, 砂布는 어떤 물건일까? 토목용어사전에는 '금강사金剛砂와 유리 등을 가루로 하여 종이 또는 천에 아교로 붙인 것'이라고 정의하고 있다. 유리는 알겠는데 금강사는 뭐지? 여러 사전의 내용을 종합해보면 금강사는 '연마제로 쓰이는 광물 가루'라고 축약할 수 있겠다. 연마제로 쓰는 광물은 여러 가지이나, 목재에 사용하는 고운 사포의 경우 유리 가루의 비율이 높다고 한다(연마제 비율이 높은 사포는 검은색이 아닌 적갈색을 띤다). 사포는 빛이 닿으면 고운 유리 입자가 빛을 반사해낸다. 검은 바탕에 반짝이는 입자들이 마치 밤하늘에 뜬 별무리 같다.

현장 작업자들이 '삐빠(paper의 일본식 발음)'라고 부르는 것을 얼핏 들은 것 같아 검색창에 '삐빠'를 쳐보았다. 과연 사포를 판매하는 인터넷 쇼핑 목록이 연달아 검색된다. 사포는 천으로 된 질긴 사포와 얇고 저렴한 종이 사포가 있다. 종이 사포로 샌딩을 하다 보면 가끔 종이가 찢어지기도 하는데, 천 사포는 잘 찢어지지 않는다. 대신 가격이 비싸다. 거친 면을 샌딩할 때는 힘이 많이 들어가니 천 사포를 쓰면 좋겠지만 목재를 다루거나 자재가 부드럽다면 종이 사포를 써도 충분하다.

사포는 입도(입자의 굵기 정도)에 따라서 구분한다. 사포 뒷면에 쓰여 있는 숫자들—100, 150, 220, 400, 600—은 사포의 거친 정도를 표시하는 것이다. 숫자가 작을수록 입자가 거칠고, 숫자가 클수록 입자가 곱다. 이 숫자 뒤에는 '방'을 붙여서 부른다. 목재 가구를 만들 때는 1회차에 150방이나 220방을 써서 거친 부분을 시원시원하게 밀어주고, 2회차는 그보다 고운 400방으로 갈아준다. 때를 밀 때 처음에는 아프도록 시원하게 밀고 나중에는 비누를 묻혀 마찰력을 줄이거나 부드러운 타월로 밀어주는 것과 같다. 파리가 미끄러질 만큼 매끄러운 가구를 원한다면 600방 이상의 고운 사포로 갈아 마무리하면 된다. 처음부터 고운 사포로 밀면 원하는 결과를 얻기까지 많은 시간이 걸리고 사포의 결이 빨리 망가져 낭비가 된다. 작업물에 따라 다르지만 나는 보통 150방이나 220방으로 시작해 400방으로 마무리한다. 도마를 샌딩할 때는 600방으로 한 번 더 샌딩을 해서 아주 매끄럽게 만들어주었다.

연필꽂이나 도마, 숟가락처럼 작은 소품이라면 맨손으로 하는 사포질이 꽤 즐겁다. 시간 가는 줄 모를 정도다. 그러나 사포로 문질러야 할 면적이 넓다면? 맨손으로는 힘들다. 보다 수월한 작업을 위해 샌딩기의 도움을 받는다.

수동 샌딩기는 내 손가락 관절을 구한 영웅이다. 타이핑을 많이 하는 직업 탓에 손가락 관절이 혹사당한 나는 열정적으로 DIY를 하면서도 사포질만은 힘들었다. 그때 수동 샌딩기를 만났다. 맨손으로 사포질을 하면 힘을 가하는 면을 손끝으로 누르면서 문지르기 때문에 손가락 관절에 힘이 실린다. 그런데 수동 샌딩기를 사용하면 손가락이 아니라 팔뚝 힘을 사용하게 된다. 샌딩기의 손잡이를 쥐고 문지르면 넓은 표면을 고르게 갈 수 있다. 현재 두 종류의 샌딩기를 사용하고 있는데 하나는 사포를 집게로 고정하는 샌딩기, 그리고 또 하나는 볼트를 죄어서 고정하는 샌딩기다.

집게형 샌딩기는 손잡이 양쪽 끝에 힘이 강한 집게가 있다. 사포 한 장을 정확히 3등분해서 집게에 끼우면 샌딩기에 딱 맞는다. 사포 한 장을 잘라 쓸 때도 낭비 없이 쓰고자 고안한 사람의 마음이 전해져 흐뭇하다. 샌딩기를 쓰면 닿는 면적에 힘이 고르게 분배되기 때문에 종이 사포라도 찢어지는 일이 드물다. 종이 사포는 끼우기 전에 샌딩기 모서리에 맞게 한 번씩 접어주면 더 타이트하게 고정할 수 있다. 사포가 타이트하게 고정될수록 종이가 밀리지 않아 작업이 편리하다. 샌딩을 하다 손이 미끄러지지 않도록 손잡이 양쪽 끝이 한옥 처마와 같이 부드럽게 올라가 있다. 소소하지만 배려가 담긴 디자인이다.

볼트로 죄어 쓰는 샌딩기는 사이즈가 작아 손 안에 쏙 들어오는 귀여운 친구다. 이것 역시 사포를 낭비하지 않고 4등분해서 끼우면 잘 맞는다. 사포를 끼우는 부분에 턱이 있어서 볼트로 꽉 죄어놓으면 힘주어 밀어도 사포가 빠질 위험이 없다. 한쪽은 굽은 면이 둥글고, 다른 한쪽은 모서리가 날카로워 자재의 형태에 따라 섬세한 작업이 가능하다. 테이블이나 침대 등 면적이 넓은 가구보다는 의자처럼 복잡하고 굴곡이 많은 가구를 다듬는 데 편리하다.

인터넷으로 나무를 주문하면 밀리미터 단위로 재단된 원목 자재를 받아볼 수 있고, 이 나무들은 바로 사용해도 문제가 없을 정도로 표면이 다듬어져 있다. 하지만 자른 면에는 거친 톱날의 흔적이 그대로 남아 있고, 때로는 나뭇결에 따라 갈라지거나 터진 부위도 있다. 날카로운 모서리에 여린 피부가 긁히거나 다치지 않도록 나무는 받자마자 샌딩을 한다. 모서리를 둥글게 갈고 가시가 돋은 부분을 문질러 벗겨낸다. 아직 완전히 길들여지지 않은 무엇을 다듬어 내 영역 안으로 들이는 일. 샌딩은 나에게 그런 의미다.

샌딩을 하면 아주 고운 먼지가 발생하기 때문에 호흡기 건강을 위해 마스크를 착용해야 한다. 눈에 먼지가 들어가지 않도록 보안경도 착용하면 좋다. 그 밖에 샌딩을 구체적으로 어떻게 하는 것이 좋은지, 최선의 방법에 대해서는 상세하게 알지 못한다. 그저 내가 원하는 만큼, 원하는 방향으로 문지르는 게 나의 방법이다. 처음부터 사용법을 꼼꼼하게 찾아보고 사용하는 공구가 있는가 하면, 일단 손에 들어오는 대로 아무렇게나 써보는 공구가 있다. 그러고는 자신이 쓰던 방식으로 그 공구를 쭉 사용하는 것이다.

공구를 쓰는 일은 결국 몸으로 하는 일이기 때문에 내 몸이 허락하는 만큼만 힘을 쓸 수 있다. 아무 때나 무한대의 공간으로 퍼져나가는 생각과 달리, 몸은 항상 제가 가진 한계에 묶여 있다. 몸의 그 명확한 한계가 때로는 안전하게 느껴진다. 몸을 쓰는 일이라면 어차피 내가 가진 에너지를 뛰어넘는 결과를 만들지 못한다는 사실을 되새긴다. 샌딩을 할 때 마음가짐은 하나다. '할 수 있는 만큼만 하자.'

샌딩기의 손잡이를 쥐고 가구를 미는 동안 밀려 나오는 먼지들, 방금 전까지 나무였던 고운 가루들을 감상한다. 한참 사포질을 하다 보면 본래 목적을 잊기도 하고 무심코 같은 부분을 계속 문지를 때도 있다. 그럼에도 나는 대개 스스로의 작업에 만족한다. 무리하지 않는 선에서 적당히 만족하는 것, 힘을 다했을 때 '이 정도면 됐다'라고 스스럼없이 인정해주는 것이다.

지난 가을에는 베란다에서 사용하는 원목 테이블에 왁스

칠을 했다. 확장형 테이블이라 완전히 펼치면 길이가 2m가 넘는 비교적 큰 테이블이다. 구입한 지 2년 반 만에 왁스칠을 해주었다. 칠을 하기 위해서는 먼저 표면을 사포로 갈아야 했다. 벙커 침대를 만들 때 구입한 전동 샌딩기의 도움을 조금 받기는 했지만 소음 없이 천천히 밀고 싶어서 결국은 집게형 샌딩기에 사포를 끼워 전체를 밀었다. 그런 다음 가구용 투명 왁스를 한 차례 바르고 건조 후에 다시 사포질을 했다. 스테인 칠을 하거나 도마에 오일을 먹일 때에도 과정은 비슷하다. '샌딩하기-칠하기-건조하기-샌딩하기'를 여러 번 반복한다. 판재가 아닌 조립된 가구에 칠을 하는 것이라 분명 왁스가 뭉치거나 덜 발린 부분도 있을 것이다. 그러나 아무려면 어떤가. 내가 쓸 물건이니 내 눈에만 차면 되는 것이다.

샌딩을 하고 나서 그간 사용하면서 묻었던 물감이나 잉크, 풀이나 접착제의 흔적이 대부분 지워졌다. 그 밖에도 눈으로 분간하기 어렵던 생활의 때가 벗겨져 색상이 몰라보게 환해졌다. 샌딩을 열심히 한 덕분에 테이블의 시간이 되돌려졌다. 앞으로도 상태를 보아가며 샌딩을 하고 왁스칠을 하며 테이블을 잘 돌보아줄 것이다. 물건이 깨끗하고 아름다울수록 그것을 사용하는 내 기분도 환해지기 마련이다. 매끄러운 테이블을 매만지며 다시금 이곳에서 보낼 시간들을 내다본다. 분명 거침없이 부드럽고 충만한 시간이 될 것이다.

망치

실패할 기회 만들기

쿵. 쿵. 쿵. 쿵. 쿵.

쿵쿵쿵 쿵쿵쿵.

오늘도 어디선가 못 박는 소리가 들린다. 아랫집인지 옆집인지 소리의 방향으로만 짐작할 뿐, 정확히 어디에서 들려오는 것인지는 가늠하기 어렵다. 안다고 해도 곧바로 '조용히 해달라'고 항의하지 않는다. 누군가는 벽에 액자를 걸거나 선반을 달고, 또 망가진 어딘가를 고쳐야 할 테니까.

못 박는 소리는 단독주택이 아닌 공동주택에 산다면 어김없이 겪어야 할 소음이다. 서로의 소리가 닿고, 진동이 전달되는 영역 안에 여러 가구가 산다는 것은 각자의 일상에서 발생하는 문제를 고치고 이겨나가는 소음을 공유하는 일이기도 하다. 그래서 몇 동 몇 호에 어떤 사람이 사는지는 몰라도, 그 집의 어느 부분이 바뀌고 있다는 것은 짐작할 수 있다.

그러면서도 내 손으로 못을 박는 날에는 어깨 근육이 바짝 서고 얼굴이 화끈거린다. 캉, 캉, 망치질을 할 때마다 온 동네에 소문을 내면서 나쁜 짓을 하는 것처럼 부끄럽다. 대부분의 이웃들은 '못 좀 박을 수 있지' 하고 넘어가줄 테지만, 아무래도 소음을 만드는 입장에서는 마음이 쪼그라든다.

망치로 때리는 게 못이 아니라 내 심장 같다. 이렇게 작은 마음으로 무엇인들 제대로 할 수 있을까? 스스로가 한심해 혀를 차다가, 한숨을 후우 내쉬다가, 어느 순간 반짝 기운을 내본다. 아무리 소음을 만드는 게 싫어도 영영 못을 안 박을 수는 없다. 정 필요하면 박아야 한다. 힘차게 두드리자. 망설이면 앞으로 두드려야 할 횟수만 늘어날 뿐이다.

내가 주로 쓰는 망치는 장도리다. 장도리는 망치와 못뽑이가 한 몸에 있는 것으로, 평평한 망치 머리 반대편에 굽은 모양으로 두 갈래의 쇳대가 붙어 있다. 뽑고 싶은 못의 머리를 쇳대 사이에 넣어 지렛대를 사용하듯이 움직이면 못이 뽑힌다. 어르신들은 이 부분을 '빠루'라고 부른다. bar의 일본식 명칭을 부르다가 굳어진 모양인데, 우리말로는 '노루발 못뽑이'라는 귀여운 이름이 있다. 그러고 보니 재봉틀에 있는 노루발(옷감을 재봉틀에 눌러 고정하는 주요 부품)도 모양이 비슷하다. 실제로 노루의 발은 본 적이 없는데 그 이름이 붙은 물건은 두 가지나 알고 있다니. 어쩐지 이 쇠붙이가 귀여워 보인다.

전체적으로는 검은색과 청록색이 배합된, 삭막하지만 좀 멋져 보이기도 하는 나의 장도리는 인터넷에서 목공 자재를 살 때 곁다리로 주문했었다. 제조사도 제품명도 모르는 물건이지만 자루가 길어서 힘이 좋고, 손잡이가 우레탄 재질이라

쥐었을 때 손에 착 감긴다. 나처럼 손바닥에 땀이 많은 사람에게는 매끈한 나무 자루보다는 미끄럼 방지가 되는 우레탄 소재가 유용할 것이다. 망치를 휘두르다 놓쳐서 발등을 찧는 상상을 해보니, 어후… 정말 너무너무 무섭다.

망치는 연장 가운데서도 힘이 센 공구다. 영화 〈올드보이〉에서 오대수가 망치 하나로 싸우는 장면이 떠오른다(그 망치도 장도리였다). 마블 영화에서 토르가 휘두르는 전설의 망치 묠니르도 파괴적이기는 마찬가지다. 휘두르는 자가 히어로 무비의 주인공이라는 것만 다를 뿐 살아 있는 것들을 찍고 패고 두드리는 것은 다를 바가 없다. 그럼 망치를 쥔 나는 무슨 일을 하는가? 못을 박거나 가구를 해체하는 일, 그야말로 평화롭고 소소한 일상의 일들이다. 그런데도 망치를 손에 쥐면, 나에게도 가공할 힘이 생겨난 듯 의기양양한 기분에 취한다. 망치만 있으면 어떤 문제든 당장 해치울 수 있을 것 같다. 그런데 막상 망치질을 시작하면 이 도구에 실린 힘이 무서워진다. 위대하게 느껴지던 내가 '무엇이든 망가뜨릴 수 있는' 허술한 존재로 돌아가고 만다.

'망치가 빗나가면 어쩌지?'

'이번엔 못이 아니라 손을 때리고 말 거야.'

'못이 튀어나와서 눈에 박힐 수도 있잖아?'

무엇을 하든 불행한 미래를 상상하는 재주가 있는 사람이 있다. 내가 그렇다. 그래서 여러 가지로 대비하지 않으면 불안해서 아무것도 시작할 수 없다. 마치 내 마음을 아는 것처럼, 망치의 자루에도 안전모와 보안경을 쓴 픽토그램과 함께 경고문이 쓰여 있다.

WARNING : Wear Safety Goggles, User And Bystanders
사용자 및 작업자들은 보안경을 쓰시오.

어쩌다 헛손질을 하거나 못에 비해 소재가 너무 강력하면 못이 튀어나와 다칠 수 있다. 무서운 게 많은 나는 망치나 드릴을 사용할 때 경고문이 시키는 대로 보안경을 쓴다. 보안경을 못 찾으면 물안경이나 선글라스라도 껴야 안심이다. 보안경은 벽이나 자재가 부스러지면서 날리는 미세한 조각이나 먼지가 눈에 들어가는 것도 막아준다. 우리의 눈은 드러난 신체 부위 중 가장 취약한 부분이니까 좀 더 설레발을 떨면서 보호할 필요가 있다.

안전을 위한 또 다른 방안으로 펜치를 동원한다. 단단한 벽이나 소재는 못을 박을 때 여러 번 두드려야 하므로, 망치가 빗나가거나 손을 때릴 확률이 높다. 쥐고 있던 못을 놓치는 일도 방지할 겸 펜치로 못을 꽉 잡아준다. 열심히 대비했으니 잘못 때려도 내 손이 아니라 펜치를 때릴 것이다. 그렇게 생각하면 겁이 많은 나도 자신 있게 망치를 휘두를 수 있다.

못은 반드시 상황에 맞게 준비한다. 단단한 콘크리트 벽에는 반드시 콘크리트용 못을 써야 하고, 나무 소재라면 목재가 갈라지지 않도록 날렵한 못을 쓰거나, 나사못을 돌려 박는다. 석고보드로 마감한 벽이라면 절대 망치로 못을 박아서는 안 된다. '어? 못이 잘 들어가네? 신난다! 액자를 마구 걸자!'라고 생각했던 10년 전의 나에게 눈물로 호소하고 싶다. 제발 그러지 말아줄래.

펜치로 못을 잡을 때에는 못과 펜치의 톱날이 평행을 이루도록 해야 못이 좌우로 흔들리지 않는다. 때리는 힘이 강하면 망치가 조금만 비틀어져도 못이 잘못 박히거나 굽을 수 있다. 펜치로 못을 잡은 다음 좌우로 흔들어보아서 잘 고정되었는지 확인하고 망치질을 한다. 못 길이의 3분의 1 정도 위치를 잡으면 안정적으로 망치질을 할 수 있다.

액자나 가벼운 선반을 달 거라면 25~38mm 사이즈 못을 절반만 박아도 튼튼하게 쓸 수 있다. 벽 조명이나 원목 선반 같은 무거운 물건을 설치할 경우, 빠지기 쉬운 일반 못보다는 앞에서 설명했듯이 칼블럭(플라스틱 앙카)을 이용해 나사를 박는 게 좋다.

망치는 원을 그리며 움직인다. 망치의 동선은 팔꿈치를 구심점으로 둥근 곡선을 그린다. 콘서트나 야구장에서 응원봉을 흔들 때, 혹은 시위를 나가서 팔을 앞뒤로 흔들 때를 상상해보자. 내가 소망하는 무언가를 위해 허공에 때려 박듯 내지르는 힘. 그 힘은 오직 나에게서 나오는 것이다. 전기나 별다른 동력원 없이. 그러니 수공구를 잘 쓰는 요령은 어떤 면에서 내 몸과 내 힘을 잘 쓰는 요령이라고 할 수 있겠다.

망치는 자루를 길게 잡을수록(아래를 잡을수록) 휘두르는 반경이 넓어지며 못에 도달하는 힘도 강해진다. 그러니 못을 세게 박을 때는 망치를 길게 잡는다. 반대로 자루를 짧게 잡으면 힘은 약해도 정확하게 조준할 수 있다. 같은 망치라도 상황에 따라, 박는 소재에 따라 잡는 방법을 달리 하며 쓴다.

비싼 망치라고 유도탄처럼 저절로 못을 향해 돌진하지는 않는다. 어떤 망치든 인내심 있게 휘둘러보는 수밖에 없다. 생각처럼 잘 안 맞아도 당황하지 않고 집중해서 힘을 지른다. 살면서 해본 망치질의 수를 헤아려보고 백 번이 채 안 되면 당연히 못 하려니 생각한다. 그럼에도 불구하고 처음부터 제대로 박았다면? 놀라운 발견이다. 당신은 못 박기에 탁월한 재능이 있는 사람이다!

내가 생각하는 못 박기의 정석은 이러하다.

1단계: 처음 몇 번은 못 박을 자리에 자국을 만든다 생각하고 가볍게 툭툭 친다. 자루를 머리에 가깝게 잡고 각을 잘 맞추어 짧게

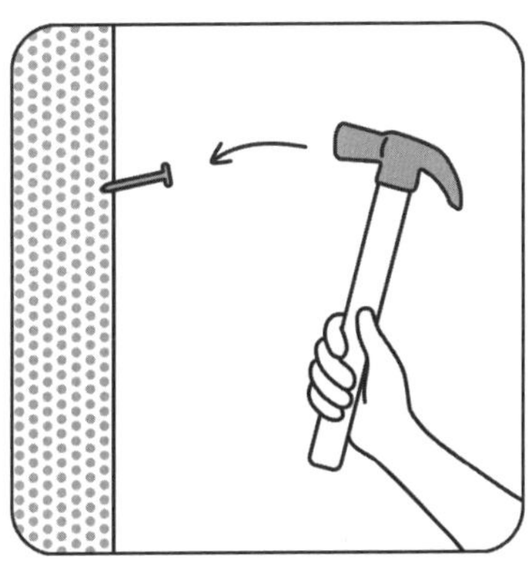

때린다.

2단계: 못의 날 끝이 벽에 흠을 내서 자리를 잡으면, 그때부터 망치를 크게 휘둘러 캉, 캉, 캉, 강하게 때린다.

이때, '강 - 약 - 강 - 약'으로 힘을 나누어 때리는 사람도 있다. 박자는 자신이 원하는 대로 달라진다. 이렇게 리듬을 타며 망치질을 하다 보면 못의 위치를 손이 기억하게 되어서 횟수가 더할수록 정확하게 못을 때릴 수 있다.

콘크리트 벽은 아무리 전문가라도 망치질 서너 번으로 못을 완전히 박기는 어렵다. 예전에는 이웃집의 못질 소리가 길어지면 하루 종일 하려는가 싶어 울화가 쌓였는데, 요즘은 '필요하니까 박겠지, 다 박으면 끝나겠지' 하고 유연하게 생각한다. 해가 지고 나면 대부분 소음이 멎는다. 부득이한 사정이 아니고서야 밤낮으로 시끄럽고 싶은 사람은 없다. 소음을 만드는 일은 그 자신도 피로한 일이다.

서류상으로는 똑같은 철근 콘크리트 건축물이라도 실제로 만나는 집의 벽은 모두 다르다. 어떤 벽은 생각보다 못이 잘 들어가고, 어떤 벽은 수십 번 망치질을 해도 겨우 흠집이 날 정도로 단단하다. 이전에 살던 성북구의 오랜 주택은 망치로 못을 박을 수 있었다. 그렇게 욕실장을 달았고, 작업실에 네 칸짜리 벽 선반을 설치했다. 반면에 지금 사는 집은 벽에 못이 들어가지 않는다. 내 힘으론 역부족이다.

이 집에 구멍을 더 만들지 않은 것은, 그다지 불편함이 없었기 때문이기도 하다. 못을 새로 박지 못하는 대신 이미 뚫려 있는 구멍을 알뜰하게 사용하고 있다. 무슨 일이든 내가 하기 힘들면 지나치게 애쓰지 않는다. 망치를 든 내가 아무리 전능하게 느껴져도, 나는 토르가 아니고 단지 나일 뿐이니까.

그렇다면 망치는 대체 어디에 쓰는가? 주로 목공에 사용한다. 나무 소재에 못이나 압정 박기, 본드로 붙인 가구 해체하기 등등 쓸 곳은 많다. 망치질하는 재미는 나무가 최고다. 스트레스 해소에도 좋다. 물론 나무도 수종樹種이나 건조 상태에 따라 단단함에 차이가 있다. 스프러스spruce(가문비나무)처럼 손톱만 스쳐도 흠이 나는 목재가 있는가 하면, 티크teak나 멀바우merbau처럼 '이게 나무인가?' 싶을 정도로 치밀하고 강한 목재도 있다. 나무의 상태를 보고 힘을 조절하는데, 나무는 서너 번의 망치질로도 원하는 만큼 못을 박아 넣을 수 있다. 다른 소재에 비해 작업 속도가 빠르다 보니 펜치로 일일이 못을 잡는 것도 귀찮아진다. 그래서일까. 망치로 손을 때리는 실수는 주로 목공 작업할 때 하게 되는 것 같다. 이로써 다시금 깨닫는다. 무섭다는 말을 달고 사는 나의 소심함과 두려움은 게으름과 귀찮음을 뛰어넘지 못한다는 사실을.

직업으로 망치를 드는 사람이 아니라면, 벽에 못 박을 일은 점점 없어지는 것 같다. 세입자들은 저마다의 사정으로 집을 옮겨다니고, 집주인들은 살다 간 사람의 흔적이 덜 남기를 바란다. 자기 소유의 집이라도 어렵게 마련한 내 집에 흠집 내기가 꺼려져 되도록 못을 안 박고 문제를 해결하려는 이들도 있다. 그래서인지 '못을 안 박아도 되는' 여러 아이템이 매년 새롭게 출시된다.

집과 관련된 일상의 기술은 소비자의 요구에 대응하여 빠르게 발전하는 편이다. 양면 스티커로 붙이는 후크hook(고리)나 라이터로 녹여 붙이는 본드식 후크는 오랜 세월 두루 쓰였지만 특별한 명성은 없었다. 그런데 벽과 벽지 사이에 핀을 찔러 넣어 고정하는 '벽지핀(일명 꼭꼬핀)'이 나타나면서 판도가 달라졌다. 벽지핀은 망치질을 안 하는 게 아니라 '못하는' 세입자들의 설움을 어느 정도 달래주었다.

그뿐인가. 물이 닿는 주방이나 욕실에는 스티커식 투명 후크가 제격이다. 접착면이 넓고 유연해서 세라믹 타일이나 유리, 문짝 등에 쓰기 알맞다. 내구도가 떨어져 오래 쓰지는 못하지만 2년 뒤 재계약을 장담할 수 없는 세입자에게는 고려할 부분이 아니다. 최근에는 블루택Blu Tack이라는 접착 점토가 국내에 수입돼 흔적 없는 인테리어의 최강자가 되었는데, 국내에서도 비슷한 접착 점토를 만드는 기업들이 늘고 있다. 점토인데 액자를 붙일 만큼 강하고, 떼어서 다시 쓸 수 있다니 대단한 물건이다.

흔적 없는 인테리어의 또 다른 강자로는 '안 뚫어 고리'가 있다. 이름처럼 벽이나 천장에 구멍을 뚫지 않고, 문틀에 철물을 고정해서 간단히 커튼을 걸 수 있다. 못 박기가 어려운 이들에게는 아주 편리하고 기발한 발명품이지만, 이 물건이 만들어진 배경을 생각하면 그리 반갑지만은 않다. 커튼을 다는 필수적인 일조차 남(주로 집주인)의 눈치를 보거나, 실패하기 두려운 일이 되어버린 현실. 내가 머무르는 공간의 벽이 어떤 소재로 되어 있는지, 어떻게 다룰 수 있는지 알아갈 기회도 좀처럼 주어지지 않는다. 모르고 살아도 특별히 문제는 없지만, 알고 있다면 내 공간을 나에게 맞추어가는 기쁨과 그 밖의 수많은 가능성을 생각해볼 수 있다. 이런저런 실패조차 기회가 주어져야 가능한 것이라니, 마음이 무거울 수밖에. 그래도 어쩌겠는가. 세상에는 주어진 환경에 적응하는 것만으로도 벅찬 삶이 있는 것이다.

집을 손상하지 않으면서 인테리어를 하는 경향은 앞으로도 계속될 것이다. 이유가 무엇이든 문제를 해결할 방법이 많으면 좋다. 사용하기에 따라서는 망치도 그 방법 가운데 하나임은 분명하다. 가끔은 포기하겠지만 앞으로도 한참 두드리고, 박고, 부수어볼 생각이다. 실패든 뭐든, 우선 기회부터 내 손으로 만들어봐야겠다. 내 손, 내 주먹을 쓰는 것처럼 익숙하게 망치를 쓰는 날이 오기를 바란다.

톱

가능한 일을 가능케 하는 기쁨

초등학교 시절, 학교에서 클럽활동으로 바이올린을 배웠다. 나무로 만든 악기를 어깨에 걸치고 나무 활로 현을 그으면 공간을 울리는 음이 만들어졌다. 정말이지 신묘한 일이었다. 활을 움직이며 손가락으로 현을 짚으면 음 높이가 달라지고, 멜로디가 생긴다. 나는 즐겨 듣는 음악을 어설프게나마 구현할 수 있는 연주의 매력에 푹 빠졌다. 초등학교를 졸업하면서 클럽활동도 그만두게 되었지만 악기에 대한 미련과 아쉬움은 마음 한 켠에 오래 남아 있었다. 켜지도 않을 연습용 바이올린을 중고로 사서 보관해두고 있을 만큼.

바이올린과 톱은 몇 가지 공통점이 있다. 하나는 '나무'를 다룬다는 것이고, 또 하나는 켜는 행위와 관련이 있다. 바이올린과 톱에 쓰이는 '켠다'는 단어는 '불을 켜다'와 같이 발음은 같고 뜻이 다른 동음이의어가 아니라 '긋는다'는 의미에서 동일한 단어로 취급된다.

썰고자 하는 나무에 톱날을 대고 앞뒤로 움직이면, 즉 '톱을 켜면' 어김없이 소리가 난다. 슥삭슥삭, 우렁차고 수더분한 소리다. 톱은 내 팔이 움직이는 속도와 긋는 각도에 따라 다른 소리가 난다. 손으로 하는 톱질은 다른 공구를 쓰는 일에 비해 소음이 적고 다른 집에 민폐가 될까 걱정할 일이 없어서 그 소음조차 경쾌하고 즐겁게 느껴진다.

가끔은 톱을 켜는 소리를 녹음해볼까 싶어진다. 똑같은 톱을 써도 나무에 따라 다른 소리가 난다. 두꺼운 나무는 두꺼운 소리, 얇은 나무는 얇은 소리가 난다. 톱을 켜는 나의 동작도 달라진다. 두꺼운 나무는 느긋하게 천천히 썰고, 얇고 무른 소재는 박자를 타듯 일정한 속도로 빠르게 썬다. 그 소리들은 마치 악기를 연주하는 듯 다채로운 감성을 지니고 있다. 톱밥이나 먼지 청소 같은 뒤처리가 귀찮아서 꼭 필요한 때에만 톱을 꺼내고 있지만 때로는 그 소리가 그리워서 의미 없이 톱을 켜고 싶다.

톱은 인류 역사에서도 오랫동안 쓰여왔던 공구인지라 용도가 세분화되어 있다. 하나를 여러 방면에 쓰기보다는 소재와 상황에 맞는 톱을 사용한다. 내가 애용하는 '백마 양날톱'도 실은 단 한 가지 용도를 위한 톱이다.

백마 양날톱은 목심(목다보)을 자르는 톱이다. 목심은 가구를 만들 때 피스 대신 나무와 나무를 잇거나 나사 구멍을 막는 용도로 사용하는 나무못이다. 나사 구멍 바깥으로 튀어나온 목심을 썰어내는 것이 이 양날톱이다. 그래서 이 톱은 목심톱(=다보톱=플러그톱)이라는 이름이 붙었다.

이 톱은 특이하다. 겉보기에는 양날톱의 기본형 같아 보이지만 실제로 목공 작업에 이 톱을 쓰는 일은 거의 없다. 다른 톱에 비해 면적이 넓고 얇아서 켜는 동안 나무와의 마찰이 심하다. 이것으로 넓고 두꺼운 판재를 썬다면 다른 톱을 쓰는 것보다 수십 배의 시간과 힘이 들 것이다.

톱을 켜기 시작하면 나무와 닿는 면적이 마찰되는데, 톱의 폭이 넓을수록 나무와 닿는 부분도 넓다. 톱질을 하다 보면 마찰열이 발생한다. 톱질을 많이 할수록, 혹은 빨리할수록 톱은 빠르게 달구어진다. 마치 야외에서 나무를 빠르게 비벼 장작에 불을 붙이는 것과 같다. 마찰열이 과도하게 발생한다는 건 그만큼 저항이 있다는 것. 그래서 나무를 썰 때는 실톱처럼 마찰되는 면적이 없는 톱이 자르기에도 좋고 힘이 덜 든다.

백마 양날톱은 나무를 썰기에 적합치 않다. 쉽게 안 썰리는 건 물론이고 톱의 넓은 측면이 나무에 들러붙는 느낌마저 든다. 그뿐인가. 얇은 톱은 잘 휜다. 휘는 만큼 힘이 정확하게 전달되지 못해서 진행이 느리다. 그렇다면 단점밖에 없어 보이는 이 톱을 왜 쓰는가? 역시나 목심을 자르려고? 하지만 나는 가구를 만들 때 해체와 재조립을 쉽게 하기 위해서 가구의 나사를 목심으로 막지 않고 대부분 노출해둔다. 그렇다면 어떤 용도로 이 톱을 쓸까?

얇은 톱에도 장점은 있다. 톱날이 얇으면 의도한 치수로 자르기에 유용하다. 내가 필요한 만큼 판재에 선을 긋고 톱질을 했을 때, 이 톱은 내가 그어놓은 재단선을 조금 벗어나더라도 크게 빗나가지 않는다. 톱날 자체가 얇아서 실수를 해도 만회하기 쉽다. 그래서 정확하게 톱질할 때만큼은 밑작업으로 이 양날톱을 사용한다. 미리 톱이 지나갈 길을 내어놓는 것이다(이것은 실톱을 사면 해결되는 문제인데 사지 않고 버티고 있다). 두꺼운 판재는 백마 양날톱으로 썰기 어렵기 때문에 다른 톱과 번갈아서 사용한다. 말하자면, 나는 이 톱을 '커터'의 용도로 사용하고 있는 셈이다.

얼마 전에는 두꺼운 양초를 썰 때 양날톱을 사용했다. 비누나 양초 같은 무른 소재들은 단면에 잘 들러붙기 때문에 매끄러운 칼로는 자르기가 어렵다. 그럴 땐 톱이나 톱날이 있는 스테이크 칼로 썰면 단면을 갉아내면서 비교적 쉽게 자를 수 있다.

유용한 것과 별개로 이 톱을 좋아하는 이유가 하나 더 있다. 이 백마 양날톱은 브랜드명이 재미있다. 한글로는 쓰여 있지 않고 'Baek Ma'라는 영문 발음만 쓰여 있는데, 영리하고 빠른 동물인 말을 모델로 브랜드 로고를 만든 것은 십분 이해되지만 이 브랜드가 해외에서 얼마나 유명하고 많이 쓰이는지 모르는 나로서는 Baek이 그저 back의 오타쯤으로 보일 뿐이다. 바로 그 지점에서 나는 이 톱에 친근함을 느낀다. 마치 한국어 발음을 전혀 모르는 외국인처럼 영문을 따라 이름을 불러본다. 처음부터 한글로 백마라고 쓰여 있었다면 별 생각이 들지 않았을지도 모르겠다. 종잇장처럼 얇고 가벼운 이 톱에 아름답고 기운이 센 백마라는 이름이 어울리는가에 대해서도 의문이 들지만, 그래서 더 좋다. 얼핏 사소해 보이는 존재에 거창한 이름을 붙이는 이러한 시도가 무엇보다 정겹게 느껴지는 것이다.

두 번째로 소개할 녀석은 접이식 톱이다. 백마 양날톱은 톱으로서 대견한 성취를 보이지는 못하고, 힘쓰는 일은 대체로 이 녀석이 맡고 있다. 접이식 톱은 가까운 생활용품점 다이소에서 구입한 것으로, 저렴하지만 단단하고 힘이 좋다. 결과물이 깔끔하지는 않지만 애초에 기대하는 바가 적어서 괜찮다.

앞서 말했듯이 손으로 톱질을 할 때는 두 가지 톱을 번갈아 쓴다. 백마 톱으로 재단선을 따라 홈을 내고, 그 홈을 따라서 접이식 톱으로 톱질을 한다. 톱날이 두껍기 때문에 삐끗하면 재단선까지 갉아먹기 쉬워서 톱밥을 치워가며 신중하게 켠다. 톱질을 한다는 건, 원하는 사이즈의 물건을 재단할 필요가 있기 때문인데 버리는 물건 자르듯이 아무렇게나 켤 수는 없는 일이다.

접이식 톱의 또 다른 장점은 보관이 용이하다는 것이다. 백마 양날톱은 양날인 데다 얇고 날카로워 공구함에 아무렇게

나 뒀다가는 피부를 긁히거나 베일 수 있지만 이 톱은 접어서 보관하기 때문에 다칠 위험이 없다.

톱날은 소모품이라 망가지면 교체할 수 있게 되어 있지만, 소재가 무른 편인 소프트우드 계열(주로 침엽수)의 나무를 주로 자르기 때문에 아직까지는 특별한 손상이 없다. 특히 MDF나 파티클보드 소재로 만든 가구는 나뭇결이 없어서 톱질을 하다가 톱날이 걸리거나 나무가 갈라질 걱정은 하지 않아도 된다. 물론 톱질로 코팅이 벗겨진 그 순간부터 MDF는 멸망의 시작이겠지만 그래도 습기가 자주 노출되는 곳이 아니라면 생각보다 오래 버틴다. 그래서 망가진 가구들 가운데 어떤 것들은 톱으로 잘라서 간단한 가구나 만들기의 소재로 쓰곤 한다. 내가 사는 집을 하나의 지구라고 가정했을 때, 톱은 이 지구의 한정된 자원을 재사용하고 활용하는 데 꼭 필요한 공구다.

접이식 톱도 다른 톱에 비해 톱날의 면적이 넓은 편이라 나무를 자를 때 마찰이 있지만 톱날이 두껍고 단단해서 켜는 재미가 있다. 톱날 폭은 가장 넓은 곳이 약 1.5mm에 달하는데 울퉁불퉁 뾰족뾰족한 톱날로 나무를 갉아내기 시작하면 판재에 순식간에 빈틈이 생긴다. 그 틈을 오가면서 톱질을 하는 동안 어깨가 절로 들썩인다. 나에게 톱이 있고 눈앞에 있는 것이 나무라면 언젠가는 반드시 썰어낼 것이라는 확신이 있다. 그래서 나는 선뜻 홍겨워진다. 나무가 두껍고 단단해 오래 걸리더라도 눈앞으로 톱밥이 뿜어져 나오는 이상 언젠가는 이 일이 끝나리라고 믿을 수 있다. 이토록 단단한 믿음을 가지고 해나갈 수 있는 일이 세상에 얼마나 존재할까? 애초에 불가능한 것을 가능케 하라는 압박에 시달리는 한국의 노동 환경을 생각하면, 톱질처럼 단순히 가능한 일을 가능케 하는 일은 마음이 가뿐할 수밖에 없다.

도구를 사용하는 기술과 육체를 사용하는 노동의 가치는 재평가되어야 한다. 노동을 소홀하게 여기기에 시한을 앞당기며 재촉하는 것이고, 안전 문제를 가볍게 여기므로 사고가 나면 책임을 떠넘기는 것이다. 공구를 사용할 때 가끔은 안전장비 없이 이보다 훨씬 위험한 공구를 가지고 삶과 죽음의 경계선에서 일하는 노동자들을 떠올린다. 가능한 것만을 가능케 하는 노동, 생계를 위해 목숨까지 걸지 않아도 되는 노동만이 허용되는 세상이 오기를 간절히 바란다. 그런 상식적인 바람조차 '배가 불렀다'는 소리 듣기 쉬운 대한민국이지만, 세상에 당연한 노동이란 없고 노동 없이 우리의 삶과 시스템이 유지되지 않는다는 사실을 전 세계적인 셧다운을 경험한 코로나바이러스 사태로부터 습득하기를 바란다. 고작 5천 원짜리 접이식 톱을 가지고 나무를 써는 일에도 성취감을 느끼듯이 몸과 도구와 기술을 사용하는 동안에 충분히 성취감을 느낄 수 있도록 노동을 중히 여기는 사회가 되었으면 좋겠다.

톱을 켠다는 말 외에도 톱을 '당긴다'는 표현이 있다. 그 말은 아주 직관적인 의미로서, 톱질을 하다 보면 자연스럽게 알아채게 된다. 톱을 밀어 넣을 때도 힘을 쓰지만, 제대로 된 방향으로 톱을 밀어 넣었을 때 자신 있게 힘주어 톱을 '당기면' 나무가 한 번에 많이 썰리는 걸 느낄 수 있다. 톱밥도 더 많이 생긴다.

소리도 미는 것과 당기는 것이 다르다. 당기는 소리는 슥삭슥삭에서 '삭'을 담당한다. '스와아악'이 더 정확한 묘사이겠지만. 톱질을 주저할수록 결과물의 단면은 굴곡이 많아 아름답지 않다. 이 방향이 맞다고 생각된다면 힘차게 당겨서 속도를 내야 매끈하게 썰린다.

인생은 톱질과도 닮았다. 많은 것들을 주저하며 살아온 내 지난 삶의 궤적은 아마도 삐뚤빼뚤할 것이다. 물론 그 주저함이 헛되었다고 말하고 싶지는 않다. 하지만 이제는 내가 바라보는 방향을 따라서 힘차게 밀고 당기며 나아갈 생각이다. 톱질을 하듯 밀고 당기는 박자를 즐기면서 느긋하게. 당장 끝이 보이지 않아도 언젠가는 반드시 가능해지리라는 믿음으로.

Part 2

x11

타카

공구의 법칙: 있으면 쓰게 된다

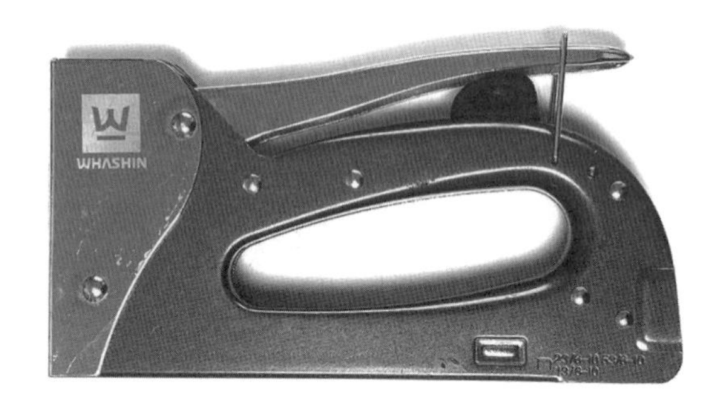

탕!

탕!

탕!

주변을 울리는 날카로운 소음. 소리는 가벼운데 깊이 울리고, 망치질하는 것보다 진동이 넓게 퍼지는 듯하다. 이건 대체 어디에서 나는 소리일까?

그 주인공은 타카, 철심을 박는 공구다. 건물을 지을 때 못이나 볼트를 쓰지 않고, 얇고 가벼운 철심을 사용해 자재를 부착하거나 연결할 때가 있다. 현장에서 쓰는 것은 전기와 공기압을 이용한 타카로, 석고보드나 단열재, MDF와 같이 무른 소재에 쓴다. 집에 석고보드가 덧대어 있는 가벽이 있다면 그 벽의 절반은 타카로 고정해서 세워진 것이다.

동네가 쩌렁쩌렁 울릴 만큼 커다란 소리는 에어 컴프레서를 이용한 에어 타카의 소리다. 낮은 주택들이 즐비한 부천 원미동에서는 유난히 타카 소리가 크게 들렸다. 어느 집에서 공사를 시작하면서 벽을 허물고 금속을 자르는 소음이 지나면 에어 타카의 소리가 이어졌다. 허물고 부순 자리에 다시금 기틀을 잡는 일, 그것이 타카의 일이다. 타카 소음이 들리기 시작하면 '저기 공사도 절반은 지났네' 생각했다. 실제로 공사가 끝나는 건 그로부터 한참 후의 일이겠지만 그렇게 생각하면 공사 소음도 어느 정도 견딜 수 있었다.

에어 타카는 그 압력이 공기총에 맞먹는지라 단단한 목재에도 쏠 수 있다. '쏜다'는 말은 수사적인 표현이 아니다. 타카는 방아쇠를 당겨 못을 쏘아내는 구조로 되어 있고, 손으로 쥐는 자세도 총과 비슷해 '타카 총'이라고도 부른다. 실제로 미국의 어느 스릴러 영화에서 목재 골조를 만들던 타카를 무기로 사용하는 장면을 본 적 있다. 집이나 가구를 만들 때는 아주 유용한 도구이지만 그것이 사람에게 향할 때 얼마나 위험해지는지 직관적으로 깨달았던 계기였다.

무서워서 영영 안 쓰게 될 줄 알았는데, 목공 장비를 하나 둘 마련하면서 충동적으로 전기 타카도 구입하게 됐다. 뭐든 시작할 때 장비부터 갖추면 실력이 미천해도 위안이 되는 법이다. 구조재를 조립하는 데는 나사못을 쓰더라도, 책장 뒤에 얇은 합판을 붙이는 일이라면 '간단하게 타카로 박아볼까?' 하는 생각으로 구입했었다.

그런데 막상 써보니 '간단하게'라는 말이 쏙 들어갔다. 건물 복도와 계단을 울리는 전기 타카의 소리는 망치질하는 것과는 비교할 수 없이 대단했다. 술에 취한 사람이 제집 현관문을 발로 차대는 것을 망치 소리라고 한다면, 전기 타카는 목청이 트인 주취자가 아파트 복도에서 쩌렁쩌렁 애창곡을 불러대는 것 같다고나 할까? 둘 다 언젠가 끝난다는 점에서는 비슷하지만, 소음으로 인해 받는 스트레스는 분명 다를 것이다.

그에 비하면 수동식 건타카는 아주 조용한 이웃이다. 어쩌면 내 목소리보다 조용할지도 모르겠다. 전기 타카만큼 힘이 강하지 않아서 공구로서의 존재감은 덜하지만, 콘센트가 필요 없고 아무 데나 들고 다니며 쓸 수 있는 크나큰 장점이 있다.

나의 건타카는 화신공업 제품이다. 가격은 8천 원대, 구입한 지는 5년쯤 되었다. 타카라는 명칭은 택커tacker에서 유래했고, tack은 머리 부분이 넓은 못, 흔히 압정을 의미한다. 서양에서는 바닥재 위에 깐 카펫을 고정하는 못을 '택tack', 작업하는 사람을 '택커tacker'라고 불렀다. 이 명칭이 변형되어 한국과 일본에서만 이 공구를 타카라고 부른다.

영미권에서는 수동식 건타카를 건 스테이플러gun stapler, 혹은 스테이플 건staple gun이라고 한다. 전기를 쓰는 타카는 네일건nail gun이라 부르는데, 둘 다 '총'을 의미하는 'gun'이 붙지만 위력은 비교할 수 없다. 수동 타카는 스테이플러의 범주에 속하고, 전기 타카는 총의 범주에 속한다고 해도 과언이 아니다. 우리가 손에 쥐고 쓰는 모든 도구들은 정해진 쓸모 이외의 용도로 사용하는 순간, 무엇이 될지 모른다. 일상의 편의를 돕는 도구가 될지, 생명을 해치는 무기가 될지. 약간의 과장을 보태서, 부주의하게 쓰면 숟가락도 위험한 것 아닌가. 수동 타카도 쓰기에 따라서는 위험할 수 있다. 그렇지만 파악하고 쓴다면 가위나 연필만큼 간편하고 도움되는 공구다.

수동 건타카는 스테이플러처럼 손아귀 힘으로 작동한다. 손이 크지 않아도 쥘 수만 있다면 누구든지 쓸 수 있다. 건타카를 쥐면, 마치 총을 쥐고 있는 느낌이다. 위의 긴 자루가 방아쇠이고, 손을 오므려 당길수록 팽팽한 스프링의 힘이 느껴진다. 그러다 어느 지점에서 '탕!' 하는 소리와 함께 타카핀이 튀어나와 목재에 박힌다.

사용 방법도 스테이플러와 비슷하다. 핀을 박을 부분에 사출구를 밀착하고, 방아쇠를 당기면 정확하게 박힌다. 밀착이 안 되면 핀이 찌그러지거나 제대로 안 박힐 수 있다. 한 번만 써보면 감이 잡힌다. 이렇게 익히기 쉽고 손맛이 좋은 공구도 많지 않을 것이다. 내가 느끼기에 건타카는 수동 드라이버만큼 다루기 쉬운 공구다. 쓰는 일 자체가 무척 재미있기도 하다.

건타카는 나무 합판, 코르크, 석고보드 등에 못을 박듯이 사용할 수 있다. 플라스틱도 가능한데 연질 플라스틱인지 단단한 플라스틱인지에 따라 효과는 다르다. 쓰기는 편리해도 타카를 쏜 자국은 아름답지 않기 때문에 주로 안 보이는 위치에 사용하고 있다.

그동안 셀프로 집이나 가구를 수선하는 데에 건타카의 공이 무척 컸다. 벙커 침대를 제작할 때도 건타카를 무수히 사용했다. 당시 나무 골조와 판재 사이에 소음을 방지할 용도로 파이론텍스(레드카펫 소재)를 부착했는데, 부착 면적이 더블침대 두 개 정도로 꽤 넓었는데도 건타카를 쓰자 10분 만에 작업이 끝났다.

중고 의자를 리폼할 때에도 건타카를 썼다. 의자 밑판의 인조가죽 위에 천을 씌워 타카로 고정하면 깨끗하고 화사한 의자로 재탄생한다. 한 손으로 천을 잡고 짝짝 펴 당기면서 다른 한 손으로 타카를 쏘면 되니, 혼자서 작업하더라도 금방 끝낼 수 있다. 의자 밑판은 보이지 않는 부분이기에 미감을 생각하지 않고 마구 쏜다. 타카를 사용한 의자 리폼은 언제나 재미있는 작업이다.

캔버스나 나무 액자가 벽에 걸 액자 고리가 없거나 망가져 있을 때, 건타카로 해결할 수 있었다. 금속 와이어 끝에 둥근 고리를 만들어 매듭을 짓고, 캔버스 뒷면에 붙여 타카로 박아주는 것이다. 이 아이디어는 갤러리를 운영하는 분께 배운 후로 아주 유용하게 쓰고 있다. 믿는 만큼 능력을 보여주는 건타카. 타카를 사용하면 양면테이프로 고정하는 것보다 튼튼하게 고정되고 나중에 제거하더라도 스테이플러만 한 구멍만 남는다. 그밖에도 문이 없는 가구에 천을 달아 가릴 때, 접착제를 쓰는 대신 타카로 박으면 단 몇 초만에 해결이다. 압정은 쓰다 보

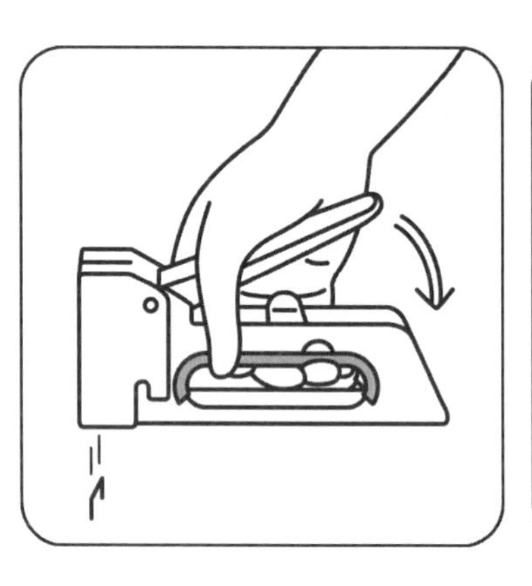
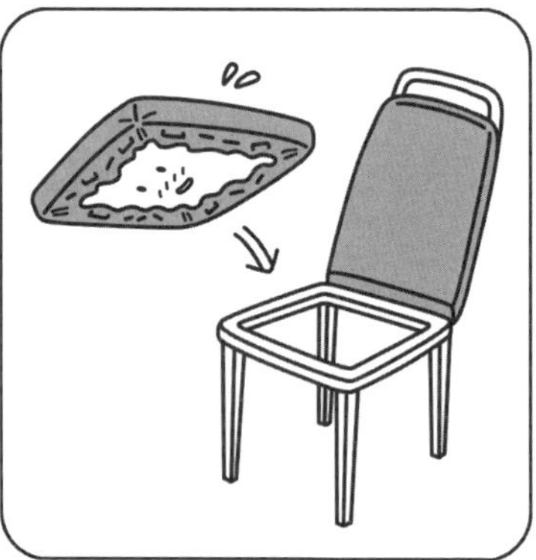

면 빠지기도 하는데, 타카 핀은 웬만해서는 잘 빠지지 않는다.

건타카의 가장 큰 장점은 앞서도 말했듯이 작업 속도가 매우 빠르다는 점이다. 탕! 탕! 탕! 연달아 쏘다 보면 마치 슈팅 게임을 하는 것처럼 스트레스가 풀린다. 작업을 시작하기 전에 탄창(?)을 확인하고 미리 여분의 총알(타카 핀)을 준비해두어야 한다. 비어 있는 탄창으로 방아쇠를 당겨봐야 그냥 머쓱해질 뿐이니까.

건타카를 장전하는 법은 다음과 같다. 탄창을 열고, 건타카 뒷부분의 손잡이를 눌러 잡아당기면 밀대가 빠져나온다. 밀대는 스프링으로 핀을 밀어주는 부품이다. 스테이플러와 구조가 비슷해 보이는데, 심을 넣는 방향은 전혀 다르다.

타카 핀은 ㄷ자의 날이 아래쪽으로 향하도록 심을 넣어야 한다. 설명이 어렵게 느껴지거나 방향을 잊어버릴 때 타카 핀이 튀어나가는 방향을 생각해서 핀을 넣으면 된다(아직도 가끔 헷갈리는 모호연에게 하는 말이다). 침 밀대가 본래 상태로 끼워지지 않으면 위치를 조금 움직이면서 밀대를 밀어본다. 밀대를 사출구 방향 끝까지 밀어서 '딸-깍' 소리가 날 때까지 눌러 끼운다.

수동 건타카는 대부분 ㄷ자 모양의 핀을 넣는데, 전기 타카에는 U자나 T자 핀도 들어간다. 핀의 규격도 워낙 다양해서 헷갈리기 쉬운데, 수동 건타카에 넣는 핀은 주변에서 가장 구하기 쉬운 핀이라는 것을 명심하자.

타카에 쓰이는 네일들(핀)을 모아보면 차이가 확연히 드러난다. 전기 타카에 들어가는 T자 핀과 U자 핀은 맨눈으로 봐도 못처럼 굵고 단단해 보인다. 그러나 수동 타카에 쓰이는 ㄷ자 모양의 핀은 스테이플러 심과 혼동하기 쉬울 정도로 작고 가늘다. 상자에는 8mm라고 표기되어 있는데, 못 날의 길이가 8mm이고 등 부분의 폭은 10mm이다. 문구점이나 생활용품점에서도 쉽게 구할 수 있는, 가장 많이 쓰이는 규격의 타카 핀이다.

타카에 들어가는 핀의 규격은 본체에 새겨져 있다. 규격이 새겨진 부분의 사진을 찍어 가서 상점에 문의해도 된다. 단, 찾아간 곳이 철물점이라면 굉장히 많은 종류의 핀이 있으므로 주의해야 한다. 잘못된 타카 핀을 사면 38구경 리볼버에 M16의 탄환을 넣으려는 격이 되므로 철물점에서 타카 핀을 구입할 때는 전기 없이 맨손으로 쓰는 타카임을 강조하도록 한다.

건타카를 쓰는 게 익숙하다 보니 건타카를 주인공으로 썼는데, 이대로 마무리하면 전기 타카가 서운할 것 같다. 나무로 된 책장 옆면에 함석판tin plate(얇은 철판에 주석으로 도금한 금속 판재. 쉽게 녹슬지 않고 자석이 잘 붙는다)을 부착해서 자석이 붙도록 해두었는데, 이것은 전기 타카가 한 일이다. 수동 타카의 힘으로는 두꺼운 함석판을 뚫지 못한다. 여기 쓰인 심은 ㄷ자 핀보다 두껍고 다리가 긴 U자 핀이다. 이렇게 된 이상, 전기 타카도 그냥 넘어갈 순 없겠다.

가정에서 쓰기 적당한 팔콘Falcon 전기 타카 FJ-112를 갖고 있다. 몇 번 쓰고 중고로 내놓으려 했는데, 공구를 쟁이고자 하는 욕심 때문에 그러지 못했다. '있으면 쓰겠지'라는 말이 변명 같지만 정말이다. 있으면 결국 쓴다. 공구를 좋아하는 사람은 그것을 떠나보내지 않기 위해 어떻게든 쓸 일을 만들어내고 만다.

전기 타카는 토크 조절, 즉 힘의 세기를 조절할 수 있다. 쏘는 대상과 소재에 따라서 세기를 조절하면 더 말끔한 결과물을 얻을 수 있다. 전기 타카로 쏘는 핀 중에 T자, 혹은 일자 핀이라 부르는 '실타카'는 쏘아도 흔적이 거의 남지 않는다. 깔끔하고 스피디한 마무리…! 이렇게 편리한 물건을 자주 쓰지 않다니 공구에게 미안할 일이다.

전기 타카를 사용하면 간단하게 가구를 만들 수도 있다. 최근 몇 년 동안 대한민국 카페 인테리어를 책임지고 있는, 짙은 갈색의 원형 테이블과 등받이 없는 납작한 의자들을 떠올려보자. 아직도 주변 카페의 절반은 종이접기를 해서 만든 것처럼 심플하고 세련된—하지만 오래 앉아 있기는 어려운—얇은 합판 가구들이 놓여 있다. 가구의 연결 부위를 자세히 보면 못 구멍은 보이지 않고 네모난 점이 박혀 있다. 선반장, 책장 등도 마찬가지다. 이런 가구들은 못이 아니라 전기 타카로 일자 핀을 박아서 연결한 것이다. 체중을 싣는 가구라면 본드와 함께 사용해 내구도를 높인다.

유행을 넘어 꾸준한 사랑을 받고 있는 합판 가구들…. 나뭇결이 아름답고 값이 싼 합판, 그리고 동작 빠른 전기 타카만 있으면 최소의 비용으로 최대의 효과를 낼 수 있는 것이다. 덕분에 카페에 들르는 손님들의 어깨와 척추는 한없이 굽어지고 있지만 그래도 난 반갑다. 간소하고 예쁜 합판 가구들을 보면, '뭐 이렇게 허술하게 만들었어?'라는 생각이 들기보다는 '이런 건 나도 만들 수 있겠다' 싶어 마음이 설렌다. 돌아서면 잊어버리지만, 언젠가 필요해지면 하나쯤 만들 수도 있겠지. 그때를 대비해서 다 쓴 T자 핀을 다시 구입해두어야겠다.

못으로 사용할 T자 핀을 구입할 때는 T자 핀, 일자 핀, 실타카 중에서 아무 이름이나 검색해도 나온다. 고작 철심 하나에 붙은 이름이 세 개나 된다니. '이것은 이렇게 부르기로 하자'는 사회적인 약속보다 현장에서 통하는 것이 중하다 보니 어떤 사람은 실타카, 어떤 사람은 일자 핀, 그렇게 생각나는 대로 부르는 모양이다. 그만큼 만들기와 수선의 세계에서 도구의 명칭은 그 경계가 뚜렷하지 않고 느슨한 편이다. 손에 든 장비가 이름이 무엇이든 주어진 문제를 해결하기만 하면 되는 일이어서 그런가 보다.

여러 사람과 작업하거나 물건을 구입할 때 가장 중요한 것은 소통이다. 소통이란 오해 없이 뜻이 통하는 것을 말한다. 내가 어떤 사물이나 대상의 이름을 자꾸 떠올리지 못하고 '아, 그 뭐냐…'로 시작하는 부정확한 묘사를 늘어놓아도 내 말을 듣는 상대가 알아챌 수만 있다면 그만이다. 그를 위해 나는 최선을 다해서 내가 아는 바를 설명해야 할 것이다. 뜻이 통하기만 한다면 끝내 '진짜 이름'이 떠오르지 않아도 괜찮다. 전기 타카, 수동 타카, 에어 타카, 건타카, 스테이플 건…. 이 글에 등장하는 수많은 이름이 다 잊혀져도 무관하다. 당신은 이제 타카가 어떻게 생겼는지, 그것이 어떤 용도로 쓰이는지 알게 되었을 테니까.

타카에 대해 한바탕 떠들고 나니 당장 어디엔가 쓰고 싶어졌다. 어떤 공구든지 그렇다. 공구를 사용해서 만들어낸 결과를 보면 안 좋은 기억이나 소음 따위는 다 잊히고 만다. 그래서 늘 다시 찾는다. 날마다 쓰지 않지만 왠지 쓰고 싶고 만지고 싶은 공구라면 그걸로 충분하다. 가진 것만으로 의미 있어 보이는 물건이라니, 맥시멀리스트에게 이만큼 반가운 물건이 또 있을까?

x12

시계 공구

멈춘 손목시계를 찾아서

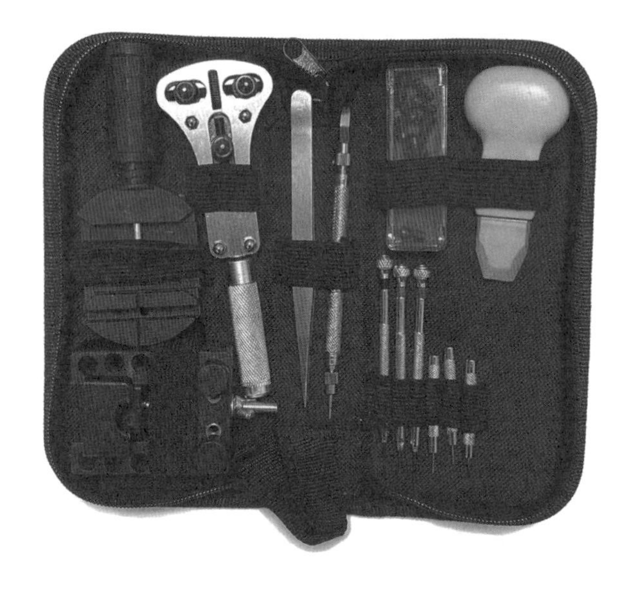

똑. 딱. 똑. 딱.

시계 초침이 움직이는 소리를 듣는 동안, 나는 오직 시계에 대해서만 생각한다. 두 눈은 시계판을 향한다. 초침이 움직이는 궤적을 따라 시선을 움직이다, 아주 느리게 이동하는 분침에 눈이 머문다. 분침이 다음 숫자에 이르면, 그 다음 숫자에 이를 때까지 그것을 노려본다. 어느 순간 정신을 차려보면 시침도 어느새 저만큼 이동해 있다. 많은 사람들이 이런 행동을 '멍 때린다'라고 정의한다. 그 말이 맞다. 시계는 멍 때리기에 최고로 좋은 물건이다. 가끔 자신이 살아 있는 존재라는 것을 잊고 싶으면 움직이는 시계를 보면 된다.

어린 시절, 나는 거실 소파에 기대앉아 맞은편 탁자에 놓인 회전추 시계를 멍하니 보곤 했다. 뒤집어놓은 U자 모양의 본체에 유리돔이 씌워져 있고, 시계판 아래에 회전하는 추가 달려 있었다. 추는 시계 방향에서 반시계 방향으로 전환하며 화려하게 시선을 사로잡았다. 한 시간이고 두 시간이고 지루한 줄도 모르게 시간이 잘 갔다. 세상에서 제일 불행한 어린아이가 된 것처럼 괴로운 때에도 시계를 보는 동안은 멍했다. 시간의 흐름을 따라서 그저 1분 1초만큼 이동하는 일은 시계에게 맡겨진 유일한 책무였다. 나는 누군가 돌보는대로 쑥쑥 자라기만 하면 되는 어린아이였지만, 자라서 다른 어른들처럼 고통스럽고 불만 많은 존재가 되어야 한다는 사실이 끔찍하기만 했다. 어른들이 요구하는 대로 자라는 대신에 이렇게 멍하니 시계만 보고 있으면 좋겠다고, 그런 생각을 했던 것도 같다.

몇 년 전, 동묘 시장에 놀러 갔다가 내가 어릴 때 보고 있던 그 시계와 비슷한 물건을 발견했다. 시계의 몸체는 금속이 아닌 플라스틱이었고, 케이스도 유리가 아닌 투명 아크릴 소재였지만 나는 그 시계를 보자마자 마음에 담았다. 중고 시세로는 꽤 비싼 1만 원을 아낌없이 지불하고 집에 가져와 뒤를 열어 보았다. AA 건전지를 넣자, 무브먼트(아날로그 시계의 기계장치) 내부의 톱니바퀴가 돌아가기 시작했다. 손으로 회전추를 건드려보았다. 어릴 적에 보았던 그것처럼 화려하게 움직였다. 멈추었던 시간이 흐르는 듯, 마법 같은 순간이었다.

어느 날 멈춘 손목시계에 전지를 넣을 방법을 찾다가 시계 공구를 알게 됐다. 인터넷 쇼핑몰에서 1만 원대 가격으로 공구 세트를 구입했다. 어떻게 쓰는 물건인지 전혀 모르면서 구입한 것이라 가성비를 따지기는 애매하다. 사실상 호기심 충족을 위한 소비였다.

시계 공구는 가짓수가 많아 보이지만 초보자가 활용할 수 있는 영역은 많지 않다. 손목시계의 전지를 갈아 끼우거나 낡은 시곗줄을 교체하거나 금속 시곗줄의 길이를 조절하는 일. 내가 할 수 있는 것은 그뿐이다. 그렇지만 그 세 가지 쓰임만으로도 나는 시계 공구와 아주 친밀한 관계가 되었다.

'뚜껑을 열어서 안을 보고 싶다.'

오직 그런 열망으로 한동안 중고 손목시계를 수집했다. 브랜드별, 시대별로 따져가며 전문적으로 모은 것이 아니라 길가에 낡은 잡화를 늘어놓은 중고 판매인들에게서 중구난방으로 충동구매 했다. 내가 구입한 시계들의 공통점은 남이 쓰다 버린 시계라는 것이다. '이 물건은 누가 썼고 왜 버렸을까' 하는 궁금증은 어떻게도 해소할 수 없지만 뒷뚜껑만 열면 안을 들여다볼 수 있다. 시계를 수리하는 전문가가 아님에도 시계 공구만 있으면 대부분의 손목시계를 열어볼 수 있다니, 신나는 일이었다.

나는 어릴 때부터 어떤 기계든 열어서 안을 보고 싶어 했는데, 그런 열렬한 호기심을 가지고도 이과 전공을 택하지 않은 까닭을 요즘은 알 것 같다. 작동하는 모습이나 생김새를 가만히 들여다보고 싶은 마음과 그것의 작동 원리를 분석하고자 하는 욕구는 전혀 다른 것이다. 후자가 구성 물질과 물리 법칙에 의한 물건의 가동 방법을 알아내는 탐구의 과정이라면, 물건을 들여다보는 것은 그것의 과거를 상상하고 의미와 서사를 부여하는 탐문의 과정이다. 탐문은 명확한 답이 없고 나 자신의 감정과 생각에 크게 좌우된다. 그래서 가끔은 내가 가진 물건들이 '물질'보다는 기억과 생각이 뭉쳐져 있는 '의미 덩어리'처럼 여겨지곤 한다.

시계 역시 그렇다. 시계라는 물체는 시간을 담을 수도 멈추게 할 수도 없으나 마치 그런 존재인 듯하다. 그런 생각은 종종 시간을 멈추고 싶은 내 마음에서 비롯된 것이다. 뚜껑을 열어 안을 보는 동안에 나는 잠시 멈춘다. 세상이 다 멈추기라도 한 듯 편안하게.

시계 공구를 이용해 손목시계의 뒷뚜껑, 케이스백caseback을 여는 방법은 크게 세 가지가 있다. 하나는 뚜껑의 틈에 오프너의 날 끝을 넣고 지렛대의 원리로 들어 올리는 방식이다. 간단히 말하면 병뚜껑을 따는 것과 같다. 캐주얼한 손목시계는 대부분 이런 구조로 되어 있다. 내가 가진 시계들의 80퍼센트는 이 오프너로 열 수 있다. 이렇게 간단히 열리는데 생활 방수가 된다는 건 금형 기술이 그만큼 발전했다는 증거일 테다. 다른 방식보다 제작 비용이 적게 든다는 점도 '따는 방식'으로 여닫는 뚜껑의 대중화에 영향을 미쳤으리라.

반면에 지렛대식 뚜껑을 닫는 것은 여는 것만큼 쉽지는 않다. 빈틈없이 닫으려면 반드시 전용 클램프가 필요하다. 클램프는 누르는 힘을 일정하게 분산시켜 뚜껑이 수평으로 정확한 위치에 들어가도록 도와주는 공구다. 시계 뚜껑 정도야 맨손으로 얼마든지 닫을 수 있다고 생각했는데, 착각이었다. 힘의 강도가 아니라 정확도가 중요한 작업이었던 것이다. 손으로는 수십 번 시도해도 불가했던 일이었는데, 클램프를 사용하니 작은 힘으로도 완벽하게 닫을 수 있었다.

클램프를 구입하면 크기가 제각각인 원형 부품들을 받게 된다. 클램프의 부속이다. 이것은 시계의 케이스(앞)와 케이스백(뒤)의 사이즈에 따라 갈아 끼울 수 있다. 부속의 지름이 케이스와 잘 맞지 않으면 잘못된 부분에 힘이 가해진다. 뚜껑이 제대로 안 닫히는 건 물론이고 전면 유리가 깨지거나 금이 갈 수 있다. 클램프에 장착하기 전 시계에 대보고 케이스의 앞과 뒤판에 알맞은 크기의 부속을 선택해야 하는 이유다.

뚜껑을 닫을 때는 가장자리의 움푹 들어간 부분을 용두(바늘을 돌려 시간을 맞추는 동그란 핀. 크라운이라고도 한다)에 자리를 잡아 놓아야 용두 핀이 망가지지 않는다. 뚜껑을 제 위치에 놓고 손잡이를 쥐면 뚜껑이 꽉 닫힌다. 이 동작은 정말 닫힌 것이 맞는지 의심스러울 정도로 조용하고 부드럽다.

평소 자주 안 쓰는데 부피가 큰 도구는 좋은 대접을 받기 어렵지만 이 클램프는 당당하게 책장 위에 놓여 있다. 일상에서 찾아보기 힘든 짙은 파란색의 몸체는 자연스레 물결과 같은 곡선을 그리고, 은빛을 띠는 금속 손잡이가 크레인처럼 위

를 향해 있다. 강인해 보이는 스프링과 아이보리색을 띠는 플라스틱 부품까지 구조가 복잡하지 않으면서도 조화로운 모양새가 매력적이다. 쓸모가 무엇이든 일단 생김새가 예쁘면 사랑받기 마련이다.

요즘은 시계 공구를 막 구입했을 때만큼 시계를 좋아하지는 않지만 이 파란색 클램프는 추억을 떠올리게 하는 장치이자 장식품으로 기능하고 있다. 클램프에 뿌옇게 쌓인 먼지가 장식품으로서의 진정성을 보여준다.

한편, 지렛대 방식으로 뚜껑을 여닫는 방식이 아닌, 뚜껑 전체를 나사처럼 돌려서 열고 닫는 시계도 있다. 가지고 있는 손목시계 중 열에 하나는 돌려 여는 방식의 시계다. 그 중에서도 애착이 있는 오리엔트 사의 금속 밴드 시계는 30여 년 전에 엄마가 착용하던 빈티지 시계다. 같은 디자인의 시계가 중고 시장에도 많은 걸 보면 당시에 무척 유행했던 모델인 것 같다. 이 시계는 뚜껑 가장자리에 사각으로 패인 홈이 여러 개 있는데, 이렇듯 뚜껑에 일정한 간격으로 홈이 있는 시계는 돌려서 여닫아야 한다. 뚜껑의 홈은 시계의 디자인적 요소로도 기능한다. 홈이 몇 개가 있더라도 뚜껑을 열 때 전부 쓰지는 않고, 이 중 세 개를 도구에 물려서 돌린다.

뚜껑을 여는 동안에 시계를 바닥에 뒤집어놓기 때문에 앞면의 유리가 상하지 않도록 시계 고정대에 단단히 고정한 다음 작업한다. 회전식 뚜껑에 쓰는 오프너는 지렛대식과 전혀 다른 모양이다. 눈코입을 연상케 하는 세 개의 돌기가 있고, 이들의 간격은 좁히거나 넓힐 수 있다. 손목시계에 별로 관심이 없다면 이 과정이 복잡하게 느껴지겠지만 그래도 이 공구만 있으면 회전식 뚜껑으로 된 시계는 무엇이든 여닫을 수 있다.

간혹 태엽으로 돌아가는 기계식 시계는 뚜껑을 쉬이 열 수 없도록 막혀 있기도 하다. 시계의 앞뒤 케이스를 나사로 고정해놓은 시계도 있는데 아쉽게도 내게는 그런 종류의 시계가 없다.

어떤 시계들은 구경 삼아 인터넷으로 사진을 찾아보기도

한다. 노출된 나사와 정교한 모양새는 보기에 무척 아름답고 신비롭다. 시계의 뚜껑을 열어보는 게 주 관심사라고 했지만, 뚜껑을 열지 않고도 내부의 기계장치를 볼 수 있는 시계들도 있다. 시계판이나 케이스백을 투명 유리나 크리스털로 덮어 시계의 무브먼트를 작품과 같이 '전시'하는 것이다. 복잡한 나사 장식이 있는 시계나 크리스털 케이스백을 가진 아름다운 시계는 당장 구하긴 어렵겠고, 로또복권이 당첨되면 언젠가 소개할 기회가 올지도 모르겠다.

스마트폰 만능의 시대이지만 나는 외출할 때마다 손목시계를 차고, 시간을 볼 때는 반드시 시계를 들여다보는 사람이다. 나는 스마트폰을 꺼내 시간을 확인하는 일이 시계를 착용하는 것만큼 편하지 않다. 손목시계는 내가 덤벙거려도 아무 일도 일어나지 않지만 스마트폰은 조금만 정신을 팔면 바닥에 떨어뜨리기 쉽지 않은가. 실제로 떨어뜨리지 않더라도 '떨어뜨릴지도 모른다'는 걱정에 줄곧 시달리는 강박적 인간에게 손목시계는 상대적으로 안전한 물건이다. 남들보다 시간을 자주 확인하는 것도 스마트폰이 불편한 이유 중 하나일 것이다.

전지가 닳고 줄이 낡아서 끊어진 손목시계를 소중하게 보관하고 있다가 시계 공구를 구입하고 나서야 문제를 해결했다. 시계방에 맡기면 되지 않느냐고? 맞는 말이다. 그러나 시계를 가지고 나서면 문을 연 시계방이 눈에 안 띄고, 외출했다

기껏 시계방을 만나면 수중에 시계가 없었다. 이런 일을 여러 번 겪고 나니 결국 귀찮아져서, 스마트폰 시계를 보는 데에 억지로 적응하기도 했다. 하지만 이제는 시계 공구가 있으니 걱정이 없다. 원하기만 하면 언제든 시곗줄을 갈거나 건전지를 넣을 수 있다.

멈춘 손목시계에 새 배터리를 넣어 다시 움직이게 하는 일은 언제나 짜릿하다. 몇 가지 공구와 작은 코인 전지만 있으면 시간을 조작하는 기분을 느낄 수 있다. 먼저 시계의 뚜껑을 연다. 좋은 시계는 뚜껑을 열어도 건전지와 용두를 고정하는 덮개가 한 겹 더 들어 있다. 덮개를 빼낸 뒤, 핀셋을 집어 건전지를 고정하고 있는 핀들을 옆으로 밀어내고 전지를 꺼낸다. 끼우는 것은 이 순서를 반대로 적용하면 된다.

시계마다 들어가는 전지의 규격이 다르기 때문에 전지에 적혀 있는 모델명을 정확히 확인해야 한다. 전지가 작은 만큼 글씨도 깨알 같아서 알아보기 어렵다. 교정시력이 1.0 미만이라면 휴대전화 카메라로 촬영하거나 확대해서 보면 돋보기 없이도 간단하게 확인할 수 있다.

코인형 전지는 입에 붙은 것처럼 '수은 전지'라고 부르게 되는데 정확한 명칭은 코인형 리튬 전지다. 안에 수은이 들지는 않았다. 시계 전지는 스위스 브랜드 레나타Renata와 일본의 소니Sony를 주로 쓴다. 참고로, 시계 전지로 가장 많이 쓰이는 레나타 377, 소니 SR262SW 모델은 사이즈가 같다.

동묘에서 중고 시계만 판매하는 전문가의 말씀으로는 브랜드 정품 전지를 쓰지 않으면 전압이 불안정해서 장기적으로 기계에 좋지 않다고 한다. 하긴, 시계가 아니라 어떤 기계든 마찬가지일 테다. 불량한 음식을 오래 먹으면 건강을 잃게 되는 것처럼 말이다.

한편, 시곗줄 교체는 생각보다 무척 쉽다. 시계 공구가 아니라 핀셋이나 족집게만 있어도 쉽게 뺄 수 있다. 물론 시계 공구가 있으면 그보다 더 쉽다. 시계와 시곗줄을 연결하는 얇은 핀을 스프링바라고 부르는데, 이것을 조절하는 도구가 있다. 스프링바 도구는 끝이 게살 바르는 도구나 집게발과 비슷하게 생겼다. 시곗줄을 분리할 때에는 이 집게발을 시계와 시곗줄 사이에 넣고 스프링을 눌러주면 쉽게 분리된다. 시곗줄 때문에 잘 보이지 않아도 손끝의 감각을 믿고 '걸어서 내리면' 손쉽게 분리가 된다.

시곗줄을 빼서 보면 시계의 연결 부위에 아주 얕은 홈이 있다. 여기에 스프링바를 끼우면 시곗줄이 빠지지 않고 고정된다. 제대로 고정된 시곗줄은 세게 당겨도 절대 빠지지 않는다. 눈에 보이지 않는 작은 스프링이 이토록 튼튼하게 시곗줄을 붙들고 있다니 신기할 뿐이다. 공구 다루는 걸 좋아해도 전문가에게 맡겨야 하는 일은 돈 아깝다는 생각 없이 맡겼는데, 시곗줄 교체는 허무할 정도로 간단해서 차마 돈을 주고 남에게 맡기지 못하겠다.

내 마음에 드는 시곗줄을 고심해서 고르고, 직접 시곗줄을 장착하는 과정도 즐겁다. 요새는 스마트워치가 유행하면서 직접 시곗줄을 가는 사람들이 많아진 것 같다. 스마트워치용 밴드는 도구 없이도 교체할 수 있도록 스프링바의 모양이 다르게 만들어져 있다. 스프링바에 작은 돌기가 있어 이것을 손톱으로 잡고 움직이기만 하면 된다. 스마트워치의 밴드는 과할 정도로 비싸다는 느낌이 있는데, 도구 없이 손쉽게 교체할 수 있는 것은 꽤나 큰 장점인지도 모르겠다.

다만 스마트워치용 밴드는 대부분 20mm 이상의 사이즈라 그보다 작은 사이즈의 시계에는 장착하기 어렵다. 내가 가진 손목시계들 중에 가장 작은 시계는 시곗줄 폭이 14mm, 가장 넓은 것은 22mm이다. 시곗줄의 폭은 14, 16, 18, 20, 22, 이렇게 2mm 단위로 구입할 수 있다. 기존 시곗줄을 버리지 않고 사이즈를 재서 똑같은 사이즈를 구입하면 실수가 없을 것이다. 시곗줄을 잘못 구입했다면? 그 사이즈가 맞는 다른 손목시계를 구입하면 된다(?!).

"지금이 몇 시인가요?"

요즘 이런 질문을 받아본 사람이 있을까? 한때는 외국어 학습지에 반드시 등장하는 회화 중 하나가 "What time is it now?"였다. 생판 남인 사람에게 뭔가 물어볼 일이 있다면 길을 묻거나 시간을 묻는 일이었으니까. 요즘은 사이비 종교단체도 시간을 묻는 것으로 대화를 시작하지는 않는다. 누구에게나 휴대전화가 있고, 휴대전화로 현재 시각을 알 수 있기 때문이다.

휴대전화가 당연하지 않았던 시대에는 손목시계가 중요한 물건이었다. 외출을 하면 당장 몇 시 몇 분인지 알 수 없게 되므로 시계를 꼭 차야 했다. 손목시계가 멈추었다면 시계가 있는 가게를 찾거나 주변에 시계탑이 있는지 두리번거리고, 마음이 급하면 지나가는 사람에게 "지금이 몇 시인가요?" 하고 물어야 했다. 손목시계는 하루에 주어진 시간을 제대로 운용하기 위해서, 다른 사람과의 약속을 지키기 위해서, 제때 출근하기 위해서, 영화 상영시간에 늦지 않기 위해서 꼭 필요한 물건이었다. 예전에는 기계식 시계장치의 태엽을 감는 것을 '시계에 밥을 준다'고 하고, 배터리를 교체하는 일은 '약을 넣는다'고 했다. 정겨운 표현이다. 그만큼 그 시절엔 시계를 귀중한 반려로 여겼던 게 아닐까.

반려물건에 관한 워크숍을 진행했을 때 수강자 한 분이 이런 말을 했다. "태엽을 감아야 하는 시계는 다른 시계보다 내가 필요한 존재가 된 것 같아서 더 애착이 간다"고. 그 마음이 어떤 것인지 안다. 물건이든 사람이든 나의 쓸모를 생각하게 하는 대상일수록 더 마음을 주게 되니까. 시계의 줄을 직접 갈고, 뚜껑을 열어 속을 보고, 배터리를 직접 넣어보면 애착이 생기지 않을 수 없다. 내가 만져서 안을 들여다봤던 시계는 오래 기억된다. 비록 나는 '밥을 주는 시계'를 착용하지 않지만 가끔 주는 '약'(배터리)이라도 때 맞춰 잘 챙겨 먹이고자 한다.

그럼에도 시계 공구를 사용하는 일에는 한계가 있다. 내 열의가 넘친다고 해서 사용할 일이 늘어나는 것은 아니다. 그래서 누군가를 새로 만날 때마다 내 열렬한 마음을 어필하곤 한다.

"혹시 집에 멈춘 손목시계 없으세요? 제가 약 갈아드릴게요."

앞으로 작업실에서 이벤트를 열거나 도서전에 나간다면 손님들에게 무료로 시계 약을 갈아드리는 서비스를 해야겠다. 그래야 나의 공구들도 타고난 쓸모를 다할 수 있을 테니까.

모호연의 배터리 교체 영상

x13
가위(들)
저마다의 쓸모

가위는 흔히 문구로 분류되는 일상 도구다. 가위로 자를 수 있는 것은 많지 않다. 보통은 손톱으로 눌렀을 때 자국이 남을 정도로 약한 것들이다. 혹여 손톱자국이 남지 않더라도 손힘으로 구부리거나 부러뜨릴 수 있는 정도의 물건들이다.

일반 공구 중에서 무언가를 자르는 도구로는 펜치, 니퍼 등이 있다. 이것들은 철제 선반의 와이어도 자를 수 있는 강력한 도구다. 하지만 힘이 세다고 해서 펜치나 니퍼로 종이나 면끈을 자르기는 어렵다. 펜치와 니퍼는 커터나 가위처럼 섬세하게 잘라내는 것이 아니라 특정 부위를 끊어내는 용도의 물건이다.

가위는 가위 나름의 쓸모가 있다. 사람마다 가진 힘과 재주가 다른 것처럼 가위도 그렇다. 흔한 물건이지만 가위가 하는 일의 양을 따지면 절대 소홀히 여길 수 없다. 얼마나 자주 쓰는 도구인지 깨닫고 나면 가위를 보는 마음도 달라지게 된다.

이 집에는 열 개가 넘는 가위가 있다. 한 집에서 쓰기에는 많아 보이지만 그들은 모두 현역으로, 제각기 다른 쓰임을 위해 제자리에 놓여 있다. 왜 이렇게 많은 가위가 필요할까? 굳이 변명하자면, 단순히 물건을 쟁이는 맥시멀리스트라서 그런 것만은 아니다.

가위에 대해 생각해보자. 수시로 날을 교체할 수 있는 커터와 다르게 가위는 날을 바꿀 수 없다. 사용하다 보면 날이 닳고, 가위 날의 모양이나 상태에 따라 자를 수 있는 것의 범위가 다르다. 그래서 가위는 무조건 용도를 엄격하게 나누어 사용한다. 똑같이 가위라고 불리지만 서로 다른 용도의 도구에 해당한다.

반짇고리에는 원단을 자르는 가위, 실을 자르는 쪽가위가 들어 있다. 책상 위에는 평범한 사이즈의 문구용 가위와 공예용으로 사용하는 미니 가위가 있다. 화분이 많은 베란다에는 식물의 줄기를 자르는 원예용 가위, 나뭇가지를 자르는 전지가위가 있고, 재활용 쓰레기와 종이박스를 모아두는 위치에는 노끈을 자르는 가위가 있다.

그뿐인가. 주방 서랍에는 김치와 고기를 자르는 주방 가위가 들어 있다. 직접 머리카락을 다듬을 때 사용하는 미용 가위와 숱 가위도 빼놓을 수 없다. 거실에는 수시로 사용하는 일반 가위가 있고, 동거인의 책상 위에도 크기가 다른 두 개의 가위가 놓여 있다. 이 집에는 사람 발길 닿는 곳에 가위가 반드시 있다고 해도 과장이 아니다. 그럼에도 개수를 줄여야겠다는 생각은 들지 않는다. 이 가위들을 더 오래, 잘 사용해야겠다는 결심을 할 뿐이다.

반짇고리에 들어 있는 두 개의 가위를 살펴보자. 하나는 날이 길고 두텁다. 손에 쥐면 묵직하고 안정적이며 쉽게 흔들리지 않는다. 원단을 자르는 재단 가위는 한 번에 자르는 길이가 길기 때문에 날도 긴 것을 쓴다.

반면, 쪽가위는 오직 실을 자르는 물건이다. 재단 가위는 원단을 한 번 자르고 나면 오래 휴식을 갖지만, 쪽가위는 실을 묶거나 풀어낼 때마다 한시도 쉴 틈이 없다. 그러니 손가락을 손잡이 구멍에 끼워 쓰는 일반 가위보다는 손잡이에 탄력이 있어 손을 놓으면 자동으로 벌어지는 집게 모양이 편리하다. 단, 일반 가위처럼 날이 숨겨지지 않기 때문에 별도의 덮개를 끼워서 보관해야 불시에 손을 다치지 않는다.

연필꽂이에도 두 개의 가위가 꽂혀 있다. 손에 쥐기 편한 사이즈의 파란색 문구용 가위는 다양한 것을 자르는 데 사용한다. 면끈, 고무줄, 양면테이프, 케이블타이까지 가리지 않고 자른다. 쓰다가 날에 접착제나 풀이 묻어도 신경 쓰지 않는다. 그야말로 '마구 쓰는 가위'에 해당하는 쓸모 있고 든든한 녀석이다.

한편, 섬세한 작업이 필요할 때는 공예용 미니 가위를 사용한다. 이 가위는 날이 비좁고 날카롭기 때문에 종이를 섬세하게 자르거나 오려서 모양을 낼 수 있다. 가위 폭이 좁아서 곡선을 자르기 좋고, 자르는 각도를 급하게 바꾸어도 종이를 상하게 하지 않는다. 굳이 이런 가위로 두꺼운 끈이나 케이블타이 등을 자른다면 곤란하다. 아무거나 자르기 시작하면, 가위는 섬세함과 용도를 잃는다. 날이 휘는 것은 물론이고 날끼리 맞물리는 부위가 벌어지거나 망가질 수 있다.

가위들은 저마다 다른 모습으로, 묵묵히 제 역할을 해낸다. 그러니 개수가 많은 것은 아무 문제도 되지 않는다. 그 중에서도 가장 평범한 녀석, 책상 앞 파란색 가위는 특별히 편애하지 않았는데도 손잡이의 실리콘 코팅이 벗겨져 너덜너덜하다. 아무리 닦아도 묵은 손때가 지워지지 않는다. 나는 그 초라한 모습을 볼 때마다 본능적인 거부감을 느끼면서도 한편으로 애틋한 마음이 든다. '네가 무언가를 자를 수 있는 한, 절대 너를 버리지 않을게.' 왠지 이런 맹세를 해야 할 것 같다.

지난 6년 동안 나와 동거인의 머리카락을 잘라온 미용 가위 세트도 있다. 커팅 가위, 머리숱을 치는 숱 가위(틴닝 가위)다. 내가 가진 가위들 가운데 유일하게 조절 나사가 있어 가위날의 조임 상태를 내 악력에 맞게 바꿀 수 있다. 미용 가위는 한 번에 장시간 사용하기 때문에 손의 피로를 덜기 위해 이 조절 나사가 꼭 필요하다. 또 손잡이의 지름이 좁아서 손가락이 잘 빠지지 않는다. 이러한 구조는 무게중심이 손잡이에 쏠리지 않아서 머리를 자를 때 움직임이 날렵하고 손가락을 걸기에도 편리하다.

나는 예전부터 미용실에 가는 일이 즐겁지가 않았다. 누군가 나 대신 머리를 감겨주고, 두피 마사지를 해주고, 머리를 말려주는 동안에는 안락하지만 미용실에 갈 때마다 자극되는 오랜 외모 콤플렉스를 견디기 어려웠다. 거기에 더해 일반적으로 미용사에게 요구되는 '사생활을 넘나드는 자유로운 화법'이 나에게는 맞지 않았다. 미용사와 대화를 즐기는 사람들이야말로 미용실의 단골 고객이자 고정 수입원인 만큼 이 직업군의 감정노동이 얼마나 극심할지 예상이 되지만, 그들의 누적된 피로감을 느끼면서도 내 사생활에 대한 질문을 듣고 대답해야 하는 '불필요한 사회성 발휘하기' 시간이 나는 너무나 불편했던 것이다.

미용 가위를 구입하고 나서는 그런 스트레스가 사라졌다. 커트머리와 달리, 긴 머리나 단발머리를 스스로 유지하는 건 어렵지 않았다. 미용 지식은 없지만 내 얼굴에 맞게 커팅하는 방법은 이 가위들과 함께 찬찬히 배워왔다. 손기술이 모자란 대신, 누구도 나에게 쏟기 힘든 정성과 시간을 들여 머리를 자른다. 이렇게 스스로 머리를 다듬으면, 빼어나게 아름답지는 않아도 안전하게 느껴진다. 날이 선 미용 가위는 간혹 위험한 물건이 될 수 있지만, 우리 집의 미용 가위는 나를 안심시키는 과묵하고도 세심한 친구다.

마지막으로, 가위들 가운데 가장 나이가 많은 주방 가위를 소개한다. 이 가위는 독립하던 해에 멀리 사는 친구로부터 선물받은 것이다. 그동안 날 한 번 갈아준 적 없는데도 제법 일을 잘하고, 내 손 크기에 손잡이가 잘 맞아 편안하다. 아직까지 무탈하게 김치를 자르고, 김을 자르고, 가끔은 고기의 뼈를 바르거나 생선의 지느러미를 자른다. 날을 손상시킬 만큼 단단한 것을 자른 적이 없기도 하고, 내 입으로 들어가는 것들이 대체로 그런 무른 것들이어서 손상이 덜했을지도 모르겠다.

내 입으로 들어가는 먹이를 직접 다듬는 일은 가끔 몸서리치는 감각을 불러온다. 가위로 닭의 껍질을 벗기고 지방을 자르고 연골을 잘라내는 과정은 결코 유쾌하거나 아름답지 않다. 가위질을 할 때면 나 역시 동물이고, 나 자신을 먹이기 위해 누군가 죽인 동물을 사다가 뼈를 자르고 다듬고 있음을 선명히 깨닫는다. 그와 동시에 이토록 강렬한 경험을 아주 어린 시절에는 하지 않아도 되었다는 사실, 독립하기 전까지는 다른 누군가가 그 일을 대신해주었다는 사실도 새삼 깨닫게 된다. 그 타인들은 나에게 제공되는 먹이를 직접 자르고 다듬어서 아주 말끔한 모양새로 만든 다음 먹음직스러운 음식으로 재가공해 내 앞에 놓아주었다. 나는 그 충실한 먹이를 먹으면서도 그것의 실체에 대해 아무것도 몰랐다. 마치 모르는 게 당연한 것처럼. 그런 생각을 하다 보면 누군가의 살덩이에 가위질을 하고 뼈를 바르고 핏물을 빼는 내가 기이하게 여겨진다. 손가락을 조금 베기만 해도 소스라치면서, 아무렇지 않게 모든 것을 먹는지 의아하다. 그러한 생각과 감각은 가위로 먹을 것을 자르기 전에는 한 번도 자각하거나 느껴보지 못한 것이었다. 설령 그 일을 내가 기능적으로 썩 잘하는 편이라고 해도 언제나 당연하게 여겨지지는 않는다.

어떤 도구를 사용한다는 것은—그것이 아무리 흔한 도구라도—새로운 영역으로 생각의 지평을 뻗어나가게 한다. 여전히 고기를 먹지만 육식을 남들에게 내보일 만큼 자랑스럽게 여기지 않는 방식으로 내 생활은 변화했다. 여러 분야에서 영향을 받았겠지만 확실히 주방 가위의 역할이 크지 않았을까 생각한다.

가위는 두 개의 날이 서로를 매끄럽게 스치고 지나가야 한다. 너무 빈틈이 없으면 뻑뻑해서 손에 힘이 많이 들어가지만, 너무 헐거워도 날이 제대로 다물리지 않아 가위질이 말끔하지 못하다. 어떤 가위는 처음 구입했을 때 가위 날이 뻑뻑해서 쓸 때마다 손아귀가 아팠으나 버리지 않고 계속 사용하자 연결 부위가 조금 헐거워지면서 부드러워졌다. 지금은 누가 써도 좋을 만큼 편안하고 든든한 가위가 되었다.

가위 날이 정상이라도 때가 많이 끼면 가위질이 어려워진다. 접착제가 묻어 있거나 들러붙는 성질이 있는 무엇을 자르고 나면 가위 날에도 반드시 흔적이 남는다. 가위 날의 사이는 비좁아지고, 자르려는 것—종이나 원단 등—이 들러붙어 지저분하게 잘리거나 아예 잘리지 않는 경우도 있다. 이런 상태로는 날을 갈아도 소용이 없다. 날을 갈기 전에 반드시 묵은 때부터 긁어내거나 닦아내야 한다. 풀이나 접착제가 묻어 더러워진 날은 알코올을 묻힌 천이나 면봉으로 닦아내면 금방 깨끗해진다(흔히 알코올스왑이라고 부르는 소독솜의 효과가 탁월하다). 그러니 가위질이 마음대로 되지 않는다면 가위 날의 때를 먼저 닦아본다.

단검 모양의 다이아몬드 칼갈이가 있으면 칼이든 가위든 날카롭게 갈 수 있지만 우리 집에는 그런 게 없다. 오래된 숫돌을 꺼내 물을 함박 적시고는 가위 날을 문댄다. 예전에는 동네를 돌아다니며 칼이랑 가위를 대신 갈아주는 사람이 있었다. 요즘은 듣기 어려운 목소리지만, 분명 지금도 어딘가에서는 칼과 가위를 갈아주러 다니는 전문가가 있을 것이다(칼과 가위를 많이 쓰는 식당들은 전문적인 칼갈이 업체에 정기적으로 서비스를 맡긴다고 한다).

나는 전문가가 아니라서 섣불리 갈았다가 가위 날을 망가뜨릴까 걱정이 되기도 하지만 그래도 갈아본다. 숫돌에 이따금씩 물을 적셔가며, 양손으로 슥 밀고 슥 당긴다. 그러면서 날이 닳아질 정도로 오래된 가위들의 미래 모습을 상상한다. 나와 함께 나이가 들어가는, 나처럼 늙어가는 가위들의 모습을.

x14
커터
나보다 상대를 믿어야 할 때

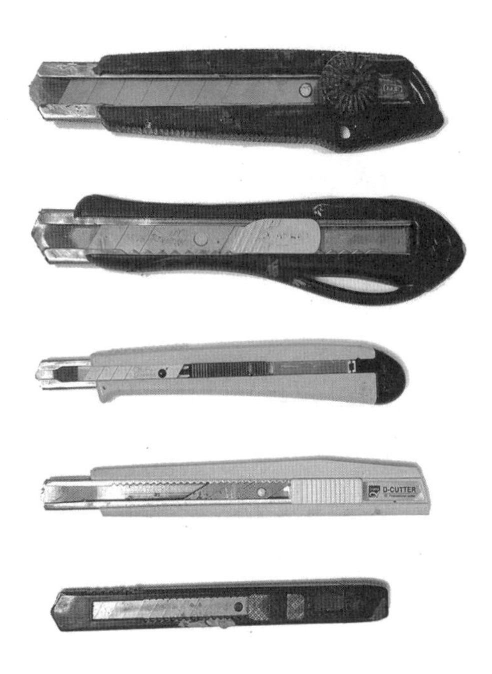
D-CUTTER

"연필 깎을 거 있어?"

학창시절 애착 문구였던 커터는 무료한 자습 시간을 버티게 도와주는 소중한 동료였다. 나는 교실을 돌아다니며 아이들에게 무딘 연필이나 색연필을 한 줌 빌려 와 커터로 연필을 깎았다. 따지고 보면 남의 연필을 깎아주는 일임에도 빌렸다고 표현하는 까닭은, 내가 연필을 깎는 일을 그만큼 즐겼기 때문이다. 늦은 저녁, 열 개 반을 오가며 감독하는 선생님은 몰래 만화책을 보거나 자는 아이들, 떠들거나 딴짓 하는 아이들을 잡아내 혼을 냈지만 연필을 깎는 내 옆은 무심코 지나쳤다. 고3이 고작 연필을 깎느라 귀한 자습 시간을 허비할 수 있다는 것을 어른들은 미처 상상하기 어려웠을 것이다.

나의 연필 깎는 기술은 누구에게나 자랑할 만했다. 아쉽게도 아무도 부러워하지 않아서 자랑하지는 못했다. 언제든 제자를 양성할 마음이 있었는데 말이다. 결국 누구에게도 전수하지 못한 나의 연필 깎는 요령을 이 책의 독자들에게 알리고자 한다.

심이 무뎌진 연필을 데생하는 미술학도처럼 길게 잡는다.

커터 날을 여섯 칸쯤 꺼내고 연필에 날의 중간 부분을 대서 아주 가벼운 힘으로 나무를 얇게 깎아낸다. 커터를 잡은 손에는 힘이 들어가지 않는다. 나무에서 심 방향으로 깎되, 심에 다다르면 칼을 멈추고 나무만 일정하게 깎아내도록 한다. 대부분의 사람들이 연필을 깎는 것처럼 왼손으로 칼등을 밀어 길을 잡아줄 필요는 없다. 오직 오른손과 칼날의 탄력을 이용해 깎는다.

벗겨진 나무 사이로 심이 원하는 만큼 드러나면, 연필을 심과 가깝게 잡고 칼날도 한 칸으로 줄인 다음 연필 끝을 책상에 대고 심을 갉아낸다. 최대한 심에 날을 붙이고 미끄러지듯이 갉아내면 도중에 심이 부러지거나 과하게 깎이는 일이 없다. 심 때문에 더러워진 칼날을 종이에 한 번 문질러 닦은 후 마지막으로 나뭇결을 다듬어준다. 칼날을 닦는 이유는 심에서 묻어나온 흑연이 나뭇결에 묻지 않도록 하기 위함이다. 이렇게 해서 깎아낸 연필은 기계로 깎은 것만큼 매끈하지는 않지만 손맛이 드러나 보기 좋다. 미술하는 친구의 색연필은 심의 끝 모양을 주문에 따라 깎아내기도 했다. 중요한 것은 깎아낸 나무와 심의 각도가 일치하도록, 심에 이르러서 급격하게 경사를 이루지 않을 것. 연필은 내가 특별히 좋아하는 물건이기도 한데 연필을 깎는 과정도 그 애착에 기여하는 듯하다.

요즘은 연필을 깎는 것보다는 종이를 자르는 데에 커터를 더 많이 쓰고 있다. 각을 맞춰서 정확하게 잘라주는 재단기도 있지만, 얼마 쓰지 못하고 칼날이 닳는데다 무딘 날에 종이가 찢기는 탓에 쓰지 않기로 했다. 역시 무슨 일이든 제대로 하려면 내 손으로 해야 한다고, 영화 속 빌런처럼 중얼거리며 커터를 집어 든다. 종이를 자르고, 연필을 깎는 일이 사소하고 하찮아 보이지만 무언가를 자르고 깎는다는 점에서 커터는 항상 본연의 임무에 충실해왔다. 달라진 것은 나다.

이제 커터는 집을 다듬고 수리하는 데에도 없어서는 안 될 공구다. 그렇다는 것을 자취 10년 동안 서서히 깨달았다. 우리가 사무용으로 가장 많이 쓰는 날폭 9mm짜리 철제 커터는 아주 평범해 보이지만 그 커터가 하는 일은 일상적이지 않을 수 있다. 벽지, 장판, 필름 시트지 등을 자르거나 자동차 랩핑을 할 때에도 같은 규격의 커터가 쓰인다. 자르고 깎는 일에서는 무엇도 이보다 더 섬세할 수 없을 것이다.

소사 스튜디오 작업실에는 가위도 많지만, 커터도 많다. 그 수도 무려 열 개가 넘는다. '여럿이 모여서 하는 미술 수업 때문에 많이 구입했으려니' 생각하고 싶지만 '커터가 어디 있더라? 필요하니까 사두자'라며 하나둘 사 모은 결과이기도 하다. 커터는 부피가 작아 보관이 쉽고, 여러 군데 놓아 두고 쓸 수 있어 편리하기는 하지만 아무리 커터가 많아도 역시 쓰는 놈만 쓴다.

가장 많이 사용하는 파란색 커터는 내가 가진 여러 개의 커터 중에서 가장 부실해 보이는 외양을 갖고 있다(151쪽 사진에서 가장 아래에 있는 커터다). 무게감이 전혀 느껴지지 않는 백 퍼센트 플라스틱 소재에, 칼날을 잡아주는 부속 하나 없다. 공구라는 것은 잡았을 때 손에 착 감기는 묵직한 느낌과 번쩍이는 금속 파트에 마음이 끌리기 마련인데, 이 녀석은 연필만큼 가벼워서 '자르는 도구'라는 위험성을 종종 잊어버릴 정도다. 그래도 난 이 커터가 좋다. 외출할 때 필통을 챙긴다면 고민 없이 이 녀석을 골라 넣을 정도. 이 파란색 커터는 의외로 정석적인 커터의 기능을 다수 갖추고 있다.

파란색 커터의 기능적인 부분을 자세히 살펴보자. 먼저 미끄럼방지 요철이다. 커터를 사용할 때 검지로 누르는 부분에 울퉁불퉁한 요철이 있다. 손에 땀이 나거나 힘이 과하게 들어갔을 때 미끄럼을 방지해준다. 대부분의 커터는 검지가 닿는 부분에 이러한 요철이 있다.

또 하나는 톱니를 이용한 자동 잠금 기능이다. 칼날을 잡고 있는 부품을 푸셔pusher라고 부르는데, 커터를 쓰려면 이 푸셔를 눌러서 칼날을 꺼내게 된다. 커터의 날이 오가는 부분에 있는 몸체의 톱날 모양은 이 푸셔가 중간중간 걸리도록 만들어준다. 칼을 꺼낼 때 드르르륵 소리가 나는 것도 이 톱날과 푸셔가 부딪혀서 나는 소리다. 이것은 다른 잠금 기능이 없더라도 사용하는 동안 칼날이 미끄러져 들어가지 않도록 어느 정도 고정해주는 역할을 한다. 파란색 커터에는 수동 잠금 방식도 추가되어 있다. 수동 잠금이란 날이 움직이지 않도록 버튼이나 볼트로 한 번 더 고정하는 기능이다. 파란색 커터는 푸셔 옆에 버튼이 추가로 달려 있어 버튼을 날의 진행 방향으로 당기면 칼날을 단단히 잡아준다. 수동 잠금 기능이 있는 커터를 한 번 사용해보면 그것이 없는 커터로 돌아가기가 매우 어렵다. 그만큼 편리하고 안심이 되는 기능이다.

파란색 커터의 가장 놀라운 점은 오른손잡이와 왼손잡이 모두를 위한 디자인이라는 것이다. 대부분의 커터는 오른손잡이용으로 설계되어 있는데 이 커터는 날을 반대로 끼울 수 있는 데다가 칼날이 나오는 개구부도 좌우 대칭되는 모양이라 양손잡이용에 알맞다. 보통의 커터는 칼날의 모양에 맞추어 비스듬한 직선으로 되어 있는 것들이 많다. 그것은 그것 나름의 이유가 있지만, 이렇게 배려가 담긴 제품을 보면 더욱 정이 가기 마련이다.

커터를 사용할 때에는 정석적인 자세가 있다. 요철 부분에 검지를 대고 누르면서, 엄지로는 푸셔를 눌러준다. 푸셔를 엄지로 눌러주면 칼날이 더욱 단단하게 고정된다. 누르는 힘에도 날이 휘지 않아 칼질이 빗나갈 확률이 줄어든다.

커터를 쓸 때 한 번에 자르기 어려운 두께라면 무리해서 자르지 않는다. 커터날에 비해 힘이 과하면 날이 부러지거나 손이 빗나가 자르는 대상에 잘못된 흠이 날 수 있다. 먼저 가벼운 힘으로 정확한 선을 그어준 다음, 그 선을 겹쳐 긋는다는 생각으로 천천히 집중해서 자른다. 만약 자를 대고 자른다면, 칼을 누르는 힘보다 자를 누르는 손의 힘이 강해야 한다. 커터를 쥔 손의 힘이 자를 누르는 손의 힘보다 크면 자가 밀리면서 길이 비틀어지고 만다. 아주 간단한 이치이지만 마음이 급하면 자주 하게 되는 실수다.

다음에 소개할 친구는 가지고 있는 것들 중에 가장 명품이라고 할 수 있는 NT커터다(사진에서의 위치도 상단을 차지하고 있다). 겉으로 보기만 해도 묵직한 존재감이 있고, 손에 쥐면 꽉 찬 느낌이 좋다. 칼 중의 칼이라고 치는 NT커터는 정말 편리하다. 사무용으로 쓰는 커터라면 힘주어 자를 일이 없기 때문에 어느 것을 써도 충분하지만, 힘을 많이 써서 잘라야 하는 작업에는 이 커터를 주로 사용한다. 칼을 쓸 때는 날이 앞뒤로 미끄러지지 않는 것도 중요하지만 좌우로 흔들리지 않는 것 역시 중요하다. 그런 부분에서 이 NT커터는 아주 세심하게 만들어진 물건이다. 칼날을 잡아주는 개구부가 칼날의 두께와 거의 동일해서 유격이 없다. 틈이 없다는 것은 곧 그만큼 날이 단단하게 고정된다는 뜻이다.

NT커터는 지난 봄 베란다의 낡은 실리콘을 제거하면서 사용했다. 방수용 실리콘은 영구적이지 않아서 낡으면 떼어내고 다시 발라야 하는데, 외부 방수용 실리콘의 강도는 주방이 나 욕실에 쓰는 실리콘과 비교할 수 없이 단단하다. 커터보다 날이 뭉툭한 실리콘 제거기로는 떼어내기가 무척 힘들다. 아마도 NT커터가 없었다면 실리콘 제거에 드는 시간이 세 배는 더 걸렸을 것이다.

그런데 NT커터의 상태를 보면, 과연 아끼는 물건인가 싶을 정도로 방치된 모습이다. 어두운 색의 외벽용 실리콘이 덕지덕지 묻어 있어 말끔하지 못하고 지저분하다. 가끔 이런 생각을 한다. 공구들 입장에서 보면 '반려'라는 단어가 어이없을지도 모른다고. 자기가 필요할 때만 꺼내 쓰고 평소에는 적절한 관리나 대접을 안 해주니까. 하지만 긍정적 회로를 돌려보면 변명의 여지도 있다. 더러우면 어때. 함께 일한 흔적인데. 나는 그들이 어떤 모습이든 상관없이, 함께 할 수 있는 일들을 사랑하는 것이다.

변명은 이쯤에서 마무리하고 다시 커터 이야기로 돌아가자. 큰 칼을 쓸 때는 반드시 양손 모두 장갑을 낀다. 면 장갑은 미끄러지니 위험하고, 우레탄 코팅이 되어 있는 장갑, 그 중에서도 내 손에 잘 맞는 장갑을 껴야 안심이다. 칼날도 크고 두꺼운데 이것을 사용할 때에 가하는 힘도 평소보다는 크다. 한 번 찔리거나 베이면 큰 사고로 이어질 수 있으니 조심, 또 조심해야 한다.

NT커터의 몸체에는 검지가 닿는 부분만이 아닌 전면에 요철이 있다. 사무용 커터를 잡는 자세와 대형 커터를 쥐는 자세가 다르기 때문이다. 대형 커터를 쥘 때는 검지를 따로 쓰지 않고 전체를 감싸듯 잡는다. 그러니 손에 닿는 모든 부위에 요철을 대서 미끄럼을 방지하는 것이다. 푸셔 부분의 동그란 휠은 칼날을 고정하는 수동 잠금 장치다. 볼트와 같이 휠을 시계 방향으로 돌리면 잠기고, 반시계 방향으로 돌리면 풀려서 칼날을 이동하거나 고정할 수 있다.

잠그지 않았을 때의 날은 무척 부드럽게 빠진다. 누를 때마다 빽빽하게 한 칸씩 나오는 자동 잠금식 칼보다 위험하게 느껴질 때도 있다. 하지만 원하는 만큼 날을 뺀 뒤에 휠을 최대한 돌려 잠그면, 내가 풀지 않는 한 제멋대로 들어가지 않으리라는 신뢰감이 든다. 매번 돌려서 고정시키는 게 불편해 보이기도 하지만 익숙해지면 한 손으로도 잠글 수 있고, 자동 잠금식보다 훨씬 마음이 놓인다. 날이 단단히 물리면, 자르는 작업도 한결 수월하다.

대부분의 커터날은 60도 각도로 비스듬한 평행사변형 모양이다. 교체용 칼날이 담긴 통의 뚜껑을 열면 열 개의 날이 착 달라붙어 있다. 살짝 비틀어 날 하나를 꺼내면 손에 미끈미끈한 액체가 묻는다. 날이 산소에 노출되어 쉽게 녹슬지 않도록 하는 부식 방지제다. 냄새를 맡아보면 역시 방청제 WD-40(가장 많이 쓰이는 금속 부식 방지제. 녹을 방지하고 금속의 체결 부위를 매끄럽게 한다. 가정에서는 녹슨 경첩의 잡음을 없애는 용도로 많이 쓴다)과 비슷한 냄새가 난다.

커터는 날 끝이 부러지거나 무뎌지면 한 칸씩 부러뜨려 새것처럼 쓸 수 있다. 날 전체를 교환해야 했던 과거의 접이식 면도칼에 비하면 얼마나 편리하고 안전한 도구인가. 모든 커터의 뚜껑에는 작은 홈이 있는데, 이 홈에 칼날을 끼워 부러뜨린다.

칼날에는 일정한 간격으로 절취선이 있는데, 한쪽 면에만 선명하게 그어져 있다. 칼날을 부러뜨릴 때는 절취선이 벌어질 수 있도록 절취선을 아래로 향하게 둔다. 부러뜨리려는 날과 새 날 사이의 절취선에 힘이 정확하게 가해지도록 한다. 그러기 위해서 칼날은 부러뜨릴 부분만 꺼내고 커터의 개구부 빗면을 절취선과 최대한 가까이 한 다음 누르듯이 부러뜨린다. 이렇게 하면 칼날이 잘못된 모양으로 부러지지 않고, 부러진 날도 튀어나가지 않는다. 안전에 관한 것은 아무리 강조해도 모자라니까 다시 한 번 정리해본다.

1단계: 커팅매트를 준비하고 커터를 뒤집는다. (아끼는 가구 위에서 하지 말 것!)

2단계: 뚜껑 홈에 날 끝을 최대한 넣는다.

3단계: 커터날의 나머지 부분은 개구부의 빗면으로 누르듯이 잡아준다.

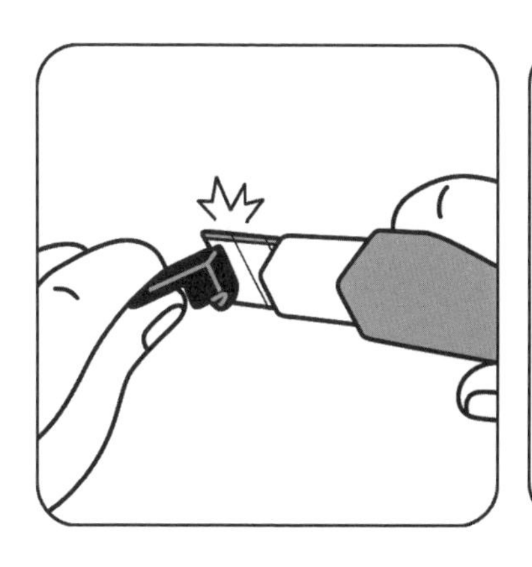

4단계: 힘을 누르듯이 주어서 칼날을 부러뜨린다.

5단계: 부러진 칼날은 종이로 단단히 접어 밀봉하고 '칼'이라고 쓴 뒤 테이프를 감아 일반쓰레기로 배출한다.

가끔 이런 생각을 한다. 걱정도 불안도 많으면서 칼을 이토록 잘 쓰는 게 신기하다고. 칼 쓰는 일은 대부분 잘한다. 다친 적이 있으면 트라우마 때문에 잘 못 쓰게 되기 마련인데 나는 칼을 쓰는 게 싫지 않다. 오해가 없도록 말하자면 두렵지 않은 게 아니라, 싫지 않은 것이다.

왼손 검지의 흉터를 볼 때마다 떠오르는 기억이 있다. 장소는 인도네시아 발리, 첫 해외여행 중이었고 한국으로 돌아가기 전날 밤 11시였다. 단단한 과일을 자르려다가 칼이 빗나가 손가락을 베었다. 비명도 나지 않았다. 그저 망했다는 생각과 함께 다음 날 비행기를 탈 수 있을지 걱정했을 뿐이다. 다행히 칼날은 아주 깊이 들어가지 않았지만 피를 많이 흘려 수건을 푹 적셨다. 숙소 스태프가 태워다주는 오토바이 뒤에 매달려 24시간 운영하는 응급센터에 가는 내내 반성했다.

'역시 힘을 너무 많이 줬어.'

부드러운 것을 썰 때에는 칼을 쓰는 동작도 부드러워진다. 반면에 단단한 것을 썰 때에는 조금만 생각을 놓으면 많은 힘을 싣게 된다. 힘을 쓰면 일이 빨리 끝나리라는 짧은 생각 때문이다. 여행 중에 한껏 마음이 풀려 있던 그날의 나는 칼 쓰는 게 익숙하다고만 생각해서 오만하게 굴었다. 자업자득이었다. 손가락의 흉터를 볼 때마다 다짐한다. 두려워하자고. 아무리 친근해도 긴장을 늦추면 안된다고. 칼은 상대를 가려 베지 않으니까.

단단한 것을 자를 때 힘을 많이 쓰는 것이 능사는 아니다. 어떤 것은 여러 번 끊어가며 시간을 들여 잘라야 한다. 예를 들어 외벽용 실리콘도 그렇다. 두꺼운 실리콘을 한 번에 자르려고 하면 위험하다. 커터날을 무리해서 휘면 아무리 두꺼운 칼날도 부러지기 마련이다. 탄성에는 끝이 있고 날이 휘어지는 데에도 한계가 있다. 스스로 쫄보라고 비웃지만 나는 쫄보인 내가 싫지 않다. 두려워하는 사람은 쉽게 다치지도, 다른 사람을 다치게 하지도 않으니까.

커터를 쥘 때마다 힘 빼는 훈련을 한다. 살살 달래가며 자르기. 비뚤어지지 않게 하기. 자르는 것은 날이지 내가 아니다. 손은 그저 도울 뿐. 가끔은 나 자신의 힘보다 상대가 가진 능력을 더 믿어야 할 때도 있다.

플라이어

어쩌면 한국인의 공구

주방이 보이는 식당에 가면, 나는 반드시 주방이 보이는 방향으로 자리를 잡는다. 자기 몫의 요리를 앞에 두고 현란하게 움직이는 국자와 튀김 젓가락, 가정집과 달리 불꽃이 거세게 타오르는 화구, 그 위에 올라가 바글바글 끓고 있는 뚝배기의 모습을 본다. 열심히 지켜본다고 해서 내가 주문한 음식이 빨리 나오거나 더 맛있게 만들어지는 것은 아니지만, 식당이라는 공간에서 하나의 목적을 가지고 일하는 사람들 사이에 보이지 않는 연결고리를 목격할 때의 희열이 있다. 만들고, 채우고, 옮기고, 서빙하고, 치우는 그 모든 과정이 유기적이다. 이 과정에서 가장 눈에 띄는 도구는 단연 뚝배기 집게다. 음식이 나에게 도달하기 직전, 불 위에서 끓고 있던 뚝배기가 받침으로 안착하는 순간, 나는 식탁 밑으로 얌전히 두 손을 갈무리하고 음식이 오기를 기다린다. 식당에서 가장 설레는 순간이다.

팔팔 끓는 국물을 그대로 서빙하는 한식집이면 어디든지 뚝배기 집게를 사용한다. 뚝배기 집게는 대표적인 플라이어다. 식당에서 이 공구를 직접 목격하지 않았더라도 국밥으로 끼니를 해결했거나 양은냄비에 팔팔 끓인 생선조림을 먹었다면 최소한 그것을 사용한 사람과 마주친 것이다. 어쩌면 한국에서 일일 단위로 가장 많이 사용되는 공구는 드라이버나 펜치가 아니라 바로 뚝배기 집게, 즉 플라이어일지도 모른다.

플라이어plier는 집게 형태로 되어 있어 물건을 집거나 고정하는 수공구를 말한다. 플라이어는 가위와 비슷한 원리로 두 방향의 엇갈린 몸체를 연결하여 '집는 힘'을 '쥐는 힘'으로 바꾸어준다. 손아귀로 쥐는 힘, 악력은 손가락으로 집는 힘보다 강하다. 그래서 플라이어를 쓰면 쥐는 것만으로 물체를 더 강하게 집거나 고정할 수 있다. 달구어진 뚝배기처럼 맨손으로 쥘 수 없는 온도의 물체나 날카로운 물건을 집기에도 유용하다.

이렇게 터프한 모양의 플라이어가 있는가 하면 생김새가 제법 귀여운 플라이어도 있다. 우리 집에 있는 미니 플라이어 삼총사는 내 손 땀을 가장 많이 먹은 공구다. 취미로 비즈 공예나 액세서리 만들기를 해본 이라면 이 공구들이 무척 반갑게 느껴질 것이다. 손잡이마저 노랑노랑 귀여운 이 플라이어들은 한 손에 쏙 들어오는 미니 사이즈다. 작아서 하찮아 보이지만 쓸모가 많아 자주 쓰인다.

요리나 만들기를 좋아한다고 하면 사람들은 내 손놀림이 무척 섬세하리라 짐작한다. 그렇지만 내 손은 움직임이 섬세하기보다 투박한 편이며, 손톱보다 작은 물건은 한 번에 집어 올리지 못한다. 그럴 때는 애쓰지 않고 플라이어를 찾는다. 맨손으로는 노력해봐야 인내심만 닳을 뿐 내가 의도한 바대로 물건을 집거나 옮길 수 없다는 사실을 오랜 경험으로 깨달은 것이다. 미니 플라이어 삼총사는 내 손가락을 대신해주는 고마운 친구들이다. 나는 여행을 갈 때에도 파우치 하나에 이 공구들을 넣어서 가져가기도 했다. 혹시나 여행지에서 맨손으로 해결하기 어려운 일이 발생하면 도움이 될 수 있고, 한편으로는 그 나라의 재료를 사용해서 무언가를 만들고 싶어질 때를 대비하는 것이다. 물론, 실제로 여행지에서 공구가 필요한 일은 그다지 발생하지 않지만 그래도 안 보이면 허전할 만큼 가까이 두고 쓰는 공구들이다.

이 중에서 집게의 다물리는 면이 평평한 것은 평집게라 부른다. 집게 부분이 길고 납작한 것은 롱노우즈 플라이어long nose plier에 속한다. 롱노우즈 플라이어는 간단히 롱노우즈라고 줄여 부르는데, 가정용으로는 펜치만큼 크고 묵직한 롱노우즈가 제일 많이 쓰인다. 집에 방문하는 수리 기사님들이 여러 과정에 즐겨 쓰는 공구이기도 하다. 손가락으로 집기 어려운 물체를 집어 고정하거나, 손이 닿지 않는 비좁은 공간에서 작업할 때 유용하다. 한마디로 손가락을 가늘고 길고 힘 있게 연장해주는 도구라고 할 수 있다. 앞서 말했듯, 나처럼 작은 물건을 집는 게 힘을 쓰는 일보다 어렵게 느껴지는 사람에게는 롱노우즈가 큰 도움이 된다.

미니 플라이어 삼총사는 주로 액세서리 만들기에 쓰인다. 작고 가벼운 만큼 힘이 적게 들고 오래 쥐고 사용해도 피로감이 덜하다. 평집게는 와이어나 체인 등 금속 재료를 납작하게 펴거나 작업하는 동안 재료를 고정하는 역할을 한다. 집게 부분이 둥근 구자말이 집게는 와이어나 금속 침을 둥글게 구부리거나 연결고리를 만드는 데 쓰인다. 바닷가재의 집게처럼 생긴 니퍼는 두 개의 날 사이에 재료를 넣고 절단하는 용도다. 와이어나 낚싯줄, 금속 핀 등을 자른다.

이 미니 플라이어 삼총사를 이용해 여러 액세서리들을 만들었다. 팔찌, 귀걸이, 목걸이, 안경줄 등 몸에 걸치는 것들은 대부분 만들어 쓸 수 있다. 가장 재미있는 작업은 기존에 있던 팔찌와 목걸이를 활용해 새 장신구를 만드는 것이다. 이렇게 재료를 재활용하면 만들기를 하면서도 쓰레기를 덜 만들게 되어 흐뭇하다.

장신구 중에서 가장 빠르고 부담 없이 만들 수 있는 것은 귀걸이다. 목걸이 펜던트로 쓰였던 돌에 체인을 끼워서 정장에 어울리는 우아한 귀걸이를 만들기도 했고, 여행 기념품으로 샀던 고무줄 팔찌의 작은 원석들을 모아 짙은 파랑의 산뜻한 귀걸이를 만들기도 했다. 팔찌에 꿰인 원석은 양이 많기 때문에 동일한 디자인을 여러 개 만들 수 있다. 똑같은 귀걸이를 만들어 친구들에게 선물했고, 그 중 한 친구는 이 귀걸이를 너무 사랑한 나머지 잃어버린 후 하나 더 만들어줄 수 있냐고 내게 부탁을 하기도 했다. 물론 나는 그 친구가 바란대로 똑같은 귀걸이를 다시 만들어주었다.

장신구를 만들 때마다 이런 생각을 한다. 대량으로 만들어져 판매되는 어느 브랜드 액세서리도, 실은 일정 부분 누군가가 손으로 매만져서 만들어낸 결과물일 것이다. 처음부터 끝까지 자동화된 기계로 찍어내는 물건도 많지만, 구조를 들여다보면 수공구를 이용해 사람의 손으로 만들어낸 물건도 여전히 많다. 그 사실을 기억하면 어떤 물건도 쉽게 버리거나 쉽게 가질 수 없게 된다. 하물며 내 손길이 닿은 물건이 더 소중하게 느껴지는 것은 당연하다.

펜치를 제외하고 가정에서 가장 유용하게 쓸 수 있는 플라이어를 하나 꼽는다면, 바이스 플라이어vise plier가 있다. 이 역시 바이스 그립vise grip, 락킹 플라이어locking plier 등 다양하게 부른다. 이 바이스 플라이어는 조절 나사를 이용해 물림 부위의 간격 조정이 가능하다. 이 기능으로 원하는 물체를 단단히 고정하는 바이스vise 용도로 사용할 수 있다.

바이스 플라이어는 집게 머리의 간격을 얼마든지 조절할 수 있다. 사용할 때는 손잡이를 펼치는데, 손잡이를 닫으면 차지하는 부피가 줄어들어 보관에 용이하다. 조절 나사를 풀어

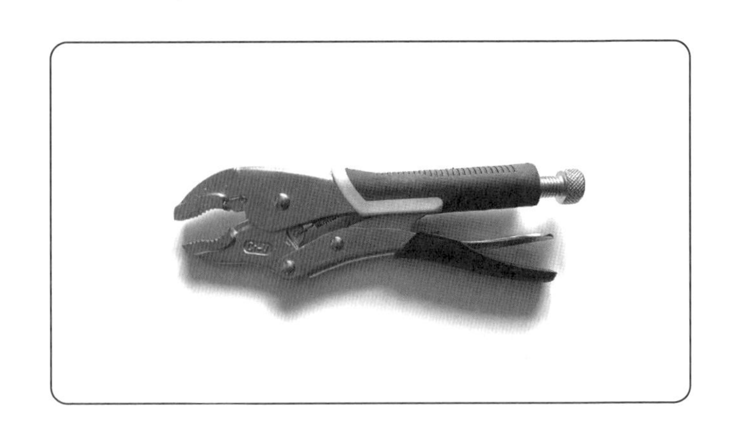

줄수록 집을 수 있는 두께가 달라진다. 조절 나사를 잘 활용하면 새끼손톱만 한 볼트의 머리를 집을 수도 있고, 배수관처럼 상당히 두꺼운 물체도 고정할 수 있다.

바이스 플라이어는 우리가 흔히 스패너라고 부르는 렌치로도 쓸 수 있다. 볼트를 죄거나 풀 때마다 그것에 맞는 크기의 렌치를 찾는 수고를 덜 수 있고, 원하는 위치에 바이스를 죄어서 돌리면 되니, 작업 공간이 좁을 때에도 도움이 된다.

바이스 플라이어 중에도 주둥이가 긴 것은 앞에 '롱노우즈'라는 이름이 붙는다. 주둥이가 둥근 바이스 플라이어가 배수관 수리나 목공 등에 유용하다면, 롱노우즈 바이스 플라이어는 안 풀리는 나사나 볼트를 해체하는 데 편리하다. 주둥이 끝이 완전히 다물리기 때문에 폭이 좁은 것도 집을 수 있고, 좁은 틈이나 배관 안에 넣어 작업할 수 있다. 액세서리용 평집게와 다른 점은 무는 힘이 더 강하고 단단하다는 것이다. 대신 평집게만큼 섬세한 작업은 불가하다.

바이스 플라이어는 가정에 꼭 필요한가? 공구함에 갖추어 둘 필요가 있을까? 꼭 그렇지는 않은 것 같다. 다만 이것이 필요한 상황, 예를 들어 세면대 배수관이 삭아서 교체해야 한다거나 망가진 볼트를 제거해야 하는 '사건'이 벌어졌을 때 잊지 않고 바이스 플라이어를 떠올릴 수 있기를 바랄 뿐이다.

아직은 조금 서먹하지만, 함께한 시간이 쌓이면 언젠가 플라이어 삼총사처럼 어엿한 반려공구가 되어 있으리라. 분명한 것은 바이스 플라이어가 아니면 해결되지 않는 일들이 있다는 것이다. 그때를 위해 잘 보이는 곳, 공구함 근처에 플라이어들을 대기시켜둔다. 자주 쓰지 않아도 마음 한 조각을 나누어본다. 미래의 나를 도와줄 플라이어 친구들을 위해.

x16
펜치
급할 때 튀어나오는 그 이름

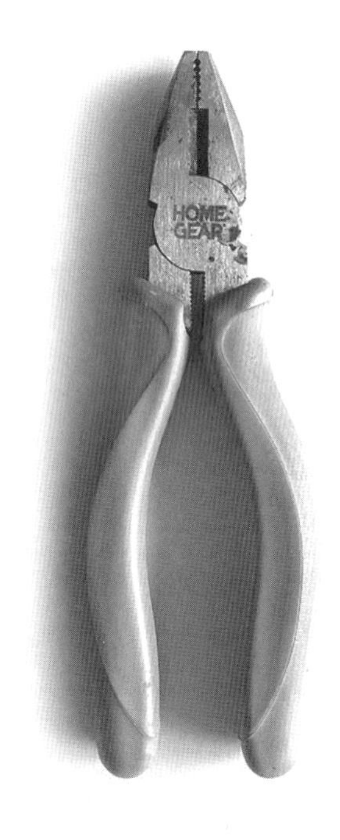
HOME
GEAR

펜치는 플라이어의 범주에 속한다. 그럼에도 굳이 플라이어와 따로 소개하는 이유는, 내가 이 공구를 무척 좋아하기 때문이다. 모든 가정에서 롱노우즈 플라이어나 니퍼를 갖추고 있지는 않더라도 집 어딘가에 펜치 하나쯤은 두고 있을 것이다. 어느 날 공구의 신이 노하여 내 모든 공구를 빼앗고 단 세 가지 공구만 가질 수 있다고 말한다면 나는 십자 드라이버와 망치, 그리고 펜치를 선택할 것이다(신이 노하는 이유는 알 수 없지만 나는 간혹 이런 상상을 즐긴다).

펜치는 정말 많은 일을 한다. 다른 플라이어들이 '집거나 고정하는 용도'와 '자르는 용도'로 나뉘어 있는 반면에 펜치는 집고, 고정하고, 자르는 게 모두 가능하다. 아무리 저렴한 펜치도 기능과 생김새는 다르지 않다.

먼저, 물체를 집는 부분은 빨래판처럼 우둘투둘한 모양으로 가공되어 있어 미끄럼을 방지한다. 집는 부분 안쪽에는 절단용 날이 있는데 이것은 니퍼처럼 구리선이나 철선 같은 금속 와이어를 자를 수 있다. 내가 사용하는 펜치는 다이소 출신으로 2천 원짜리 저렴한 물건이지만 해낸 일들을 생각하면 대단한 능력자다. 철제 선반을 리폼할 때에도 상당히 두꺼운 와이어를 이 펜치가 너끈히 잘라주었다.

펜치로 와이어를 자를 때에는 힘을 덜 쓰는 요령이 있다. 무른 금속은 절단 날의 아무 부분에나 넣어도 잘 잘리지만 단단하거나 두꺼운 와이어는 최대한 날 안쪽으로 넣어 잘라야 한다. 쥐는 힘(악력)이 가장 크게 작용하는 위치는 절단 날의 가장 안쪽이다. 그러니 와이어를 자를 때 펜치의 턱이 맞물리는 쪽으로 밀어 넣고 쥐면 보다 쉽게 자를 수 있다. 당연히 한 손보다는 두 손이 낫고, 펜치를 그냥 쥐는 것보다 들어올리는 것이 낫다. 펜치의 손잡이를 위로 해서 잡으면, 자연히 날 안쪽으로 와이어를 쥐게 되는데 이 자세는 손아귀에 힘이 덜 들어가는 장점이 있다. 그러니 공간이 허락하기만 한다면 무언가를 자를 때에는 손잡이를 위로 하여 쥐고, 집게 부분을 누르듯이 자르면 좋다.

펜치의 또 다른 기능, 전선의 피복을 벗길 때는 톱니와 절단 날을 모두 사용한다. 전선의 피복을 벗기고 싶은 만큼 펜치의 절단 날에 놓고 가볍게 칼집을 낸 다음, 벗겨낼 고무 부분을 톱니로 잡아당기면 된다. 처음 칼집을 넣을 때 너무 세게 쥐면 전선이 통째로 잘리므로 손의 느낌에 집중하면서 조심스럽게 잘라야 한다.

못을 박을 때에도 어김없이 펜치가 소환된다. 맨손으로 못

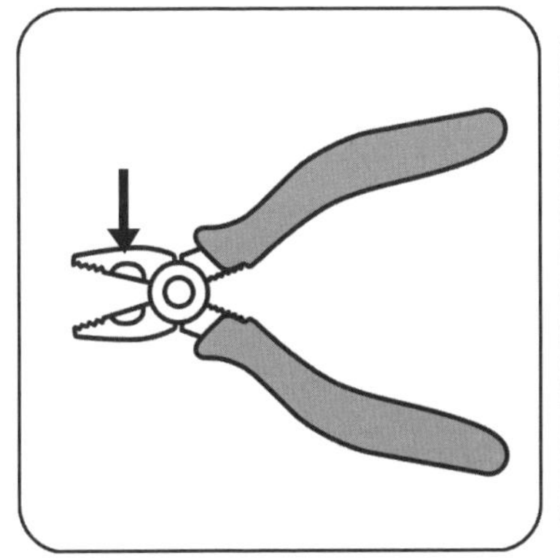

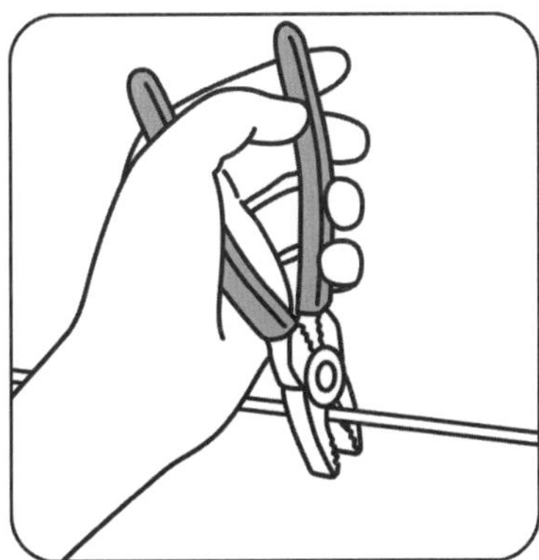

을 잡고 망치를 휘두르다가 손가락을 몇 번 때리고 나니, 이제 펜치 없이는 망치질을 못하는 사람이 됐다. 왼손이 하는 일을 오른손이 모르게 하며 살아서 그런가, 이제 오른손이 하려는 일을 쉬이 예측하거나 믿을 수가 없다. 같은 사람의 손이라도 집중력이 매번 같을 수는 없기에, 다치지 않으려면 망치가 못이 아닌 손을 때리는 경우의 수를 예비해야 하는 것이다.

펜치로 못을 잡고 나면 아무것도 두렵지 않다. 망치질이 좀 빗나간다고 큰일이 나지는 않을 테니까. 펜치의 톱니는 서로 평행을 이루어서 그 사이에 못을 끼워 집으면 절대 흔들리지 않는다. 손으로 못을 집을 때는 망치로 때릴 때마다 못의 방향이 흔들리는 반면, 펜치로 잡은 못은 거듭되는 망치질에도 지지 않고 제 각도를 그대로 유지한다.

나의 펜치를 보면 여기저기 녹이 슬어 '반려' 대접을 받은 것처럼 보이지는 않지만, 나의 무심함과 별개로 펜치는 매번 충분한 도움을 준다. 더 심해지기 전에 방청제를 뿌려서 잘 닦아주어야겠다.

펜치를 펜치라고 여러 번 부르고 나니 이제는 그 이름에 조금 익숙해진 것 같다. 전에는 펜치라고 부르면 어쩐지 맥이 빠지는 느낌이었다. 처음 펜치를 구입할 때만 해도 입술 사이로 소리가 새어나가는 '펜치'보다는 된소리로 '뻰찌'라고 불러야 제대로 일을 할 것 같았다. 안타깝게도 이것 역시 일본식 영어다. 할머니는 '도라이바' 다음으로 '뻰찌'를 많이 찾았다. 일제강점기를 살아온 사람들과 함께 생활한 세대라면 아마 펜치보다 뻰찌가 더 익숙할 것이다.

구글링해본 결과, 이 단어는 한국과 일본에서만 쓰이는 것으로 보인다. '핀처pincher'라는 단어를 일본식으로 발음해서 '뻰치ペンチ'가 되었고, pincher는 '집다'라는 뜻의 단어 pinch(요리 레시피에 자주 쓰인다. "a pinch of salt[소금 한 자밤]"에서 pinch란 양념을 엄지와 검지로 집을 수 있는 만큼의 적은 양을 말한다)와 관련 있어 보인다. 하지만 정작 영미권에서는 이 공구를 'h'가 빠진 pincer라고 표기하고, 발음도 '핀서'에 가깝다. 펜치와 모양이 꼭 닮은 집게발도 마찬가지로 pincer라고 하는 것으로 보아 pincher는 본래 오타였거나 영어를 옮기던 일본인이 임의로 만든 단어가 아닐까 추측해본다. 우리 국어사전에는 '펜치'로 표기하고 있다.

공구의 명칭은 발명한 사람의 이름을 따지 않는 이상, 사용하는 사람들의 입에서 입으로 전해지고, 아주 오래된 이름을 혼용하기도 한다. 따지고 보면 국어사전에 등재된 '펜치'는 영어와 일본어를 거쳐 한국식 외래어로 발음을 순화하기까지 했으니 세 가지 언어가 뒤섞인 셈이다. 한국어 사용자들 간의 원활한 소통을 위해서는 역시 '펜치'라고 표기하고 부르는 편이 좋을 것 같다. 하지만 어떤 이름으로 부르겠다고 굳건히 결심해봤자, 급할 때에는 아는 이름이 가장 먼저 튀어나올 것이다.

“그 뭐냐, 뺀찌 좀 가져다줘!”

이렇게 말이다.

실리콘과 실리콘건

실리콘 만능의 시대에 부쳐

한겨울에는 베란다에 5분 이상 나가 있으면 두피가 당긴다. 그럴 때 느끼는 추위는 마치 공간의 부피만큼 고여서 온몸을 짓누르는 것 같다. 나는 기온이 영하로 떨어지면 의욕도 함께 떨어지는 사람이라 집을 돌보고 수선하는 일은 보통 11월에 마무리한다. 그 중에는 겨울이 닥치기 전에 반드시 마쳐야 하는 일들이 있는데, 실리콘건을 사용한 코킹caulking, 즉 실란트 시공도 포함된다. 실란트sealant란, 창호나 싱크볼 등의 연결 부위에 실리콘을 쏘아 빈틈을 메우는 작업을 말한다(시공에 쓰이는 실리콘 자체를 실란트라 부르기도 한다).

실리콘은 나만큼이나 계절을 타는 까다로운 녀석이다. 벽 한 면에 선반을 달거나 문고리를 바꾸어 다는 일은 연중 어느 때나 가능한 일이지만, 바깥 창틀에 실리콘을 바르는 일은 기온이 영하로 떨어지기 전에 마쳐야 한다.

섭씨 5도 이상 30도 이하의 건냉암소에 보관할 것.

실리콘 카트리지에 적혀 있는 보관 기준에 따르면 베란다는 탈락이다. 무조건 실내에 보관해야 한다. 시공 기준도 까다롭기는 마찬가지다.

자재 표면 온도가 섭씨 50도 이상인 경우에는 사용하지 마십시오.

50도라면 까마득한 온도 같지만 실제로는 맨손을 댔을 때 적당히 뜨겁다고 느낄 정도다. 금속 창틀이라면 여름이 되기 전에 실란트 시공을 마쳐야 한다. 문제는 '~해야 한다'라고 생각하는 순간, 그 일에 흥미가 식는다는 것이다. 마음은 꼭 반대로 나아간다. 아무때나 할 수 있는 일들은 당장 하고 싶은데, 정해둔 기한이 있으면 꼭 해야 하는 일도 자꾸 미루고만 싶다.

그래서일까. 실리콘건을 보면 다른 공구들만큼 반갑지는 않다. 하지 않고 미루었던 일이 떠오르기 때문이다. 실리콘건은 말이 없지만 나는 은연중에 꾸지람을 듣는 기분이다. '왜 그때 바로 하지 않았어?'

비가 오는 날이면 베란다 창문 아래 스티로폼 박스나 대야를 놓아두고 새어드는 빗물을 받는다. 그때마다 실리콘건을 돌아보며 한숨을 짓는다. 직접 할 수 없는 일이라면 마음 편히 남에게 맡길 텐데(물론 지갑은 편치 않다), 막상 해보면 너무 쉽고 재미있기까지 해서 남에게 맡기지 않고 미루기만 했다. 결국 장마가 다 지나고 가을이 되어서야 시공했는데, 그마저도 계산한 것보다 실리콘이 부족해 지금도 미완성이다. 그리고 나는 완전하지 못한 상태에 적응하고 말았다. 그래도 괜찮다고 말하고 싶지만 사실 괜찮지 않다.

집에 비가 새거나 천장에 구멍이 뚫려도 사람은 얼마든지 적응할 수 있다. 적응력은 구름다리처럼 출렁이는 인생을 살아가는 데 도움이 된다. 어떤 사건이 일어났을 때의 충격과 불안감은 시간이 갈수록 흐려진다. '그러려니'라는 마법의 단어에 맡겨 놓으면 어떤 것도 심각하지 않게 느껴진다. 적응이란 어떤 면에서는 내가 이겨내기 어려운 부분을 포기하고 문제를 외면하기로 마음먹는 것과 같다. 하지만 건축물은 사람처럼 적응하지 못한다. 시간이 갈수록 망가질 뿐이다. 불성실한 집주인을 탓하거나, 집주인에게 언제 고쳐달라 말할지 고민하는 동안에도 집은 계속 망가진다. 적응은 스스로 불편을 감수하는 일이다. 문제에서 벗어날 방법이 있다면 일단은 애써봐야 한다.

지금 비가 새는 것을 내버려두어도 아마 올해까지는 별 문제가 없을 것이다. 그러나 시간이 갈수록 빗물을 머금었던 벽과 바닥에는 문제가 생길 수밖에 없다. 내 소유의 집이 아니라도 이 집에서 편안하게 지내려면 비가 새는 데 적응할 게 아니라 실란트를 시공해서 비가 새지 않도록 문제를 해결하는 것이 옳은 방법이다. 더 이상 미루지 않도록 미래의 나에게 작은 보상을 약속해야겠다. 일을 마치면 좋아하는 케이크 공방의 딸기케이크를 나에게 선물하는 게 어떨까? 우와, 신기하게 의

욕이 솟는다. 당장 해야겠다. 어서 실리콘을 주문하자.

나의 실리콘건은 겉보기에는 낡고 녹이 슬어 은퇴할 나이처럼 보이지만 기능에는 전혀 문제가 없다. 실리콘건은 카트리지를 밀어주는 스프링이 망가지지 않으면 반영구적으로 쓸 수 있는 물건이다.

스프링이 지탱하고 있는 잠금쇠를 누르면, 주사기의 누름대와 같은 철 막대가 자유롭게 움직인다. 막대를 끝까지 빼서 실리콘건 안에 카트리지를 끼우고 손을 떼면 스프링이 막대를 단단히 잡아준다. 실리콘건의 손잡이를 쥐면 쇠막대가 카트리지의 뒷면을 눌러 실리콘을 바깥으로 밀어낸다. 크기만 다를 뿐 거대한 주사기와 다를 바 없다.

유리와 창호 사이에 실란트를 충전하는 일은 깨진 치아의 틈 사이에 주사기로 실란트를 채워넣는 것과 같은 원리다. 채운다는 의미로 실란트라는 명칭을 쓰는 것도 동일하고, 틈을 메우지 않고 내버려두면 전체가 썩거나 망가져버리는 것도 같다. 어떤 균열이든 작을 때 막아야 한다. 치과 치료에 큰돈을 쓰고 나서 얻은 눈물 겨운 교훈이다.

실란트 시공은 '내가 하면 망치겠지?'라는 생각에 진입 장벽이 높았다. 그런데 막상 해보니 별일 아니었다. 전문가들처럼 아름답게 마무리하지는 못해도 정성으로 커버할 수 있었다. 당연한 일이지만 코킹 역시 하다 보면 실력이 는다. 첫 번째 짤 때와 다섯 번째 짤 때의 능숙함이 다르다. '뭐든지 직접 해보면 안다'는 말이 거짓말 같지 않다.

소요 시간으로 따지자면 코킹은 밑준비 작업이 절반이다. 가장 먼저 기존에 부착돼 있던 실리콘을 말끔히 제거해야 한다. 날이 부러지기 쉬운 가느다란 문구용 커터는 위험하다. 날이 V자로 된 실리콘 제거기나 대형 커터를 사용하는 것이 좋다. 마른걸레 등으로 주변 먼지를 깔끔하게 털어내야 새로 쏘는 실리콘이 잘 접착된다. 그런 다음 주변에 마스킹테이프를 꼼꼼히 붙인다. 전문가들이 어떻게 짜는지 유튜브 동영상을 찾아보면서 눈으로 연습하는 것도 밑작업에 속한다. 실리콘이 손에 묻지 않도록 양손에 장갑을 끼는 것도 잊지 않는다.

이제는 실리콘건에 실리콘 카트리지를 끼운 다음, 카트리지의 입구 부분을 커터로 잘라낸다(나사 부분은 자르면 안 된다). 실리콘을 사면 이것에 맞는 플라스틱 노즐이 딸려 오는데, 노즐 끝을 도포할 부분의 지름에 맞게 45도 각도로 잘라준다. 노즐은 카트리지 나사에 돌려 끼우면 잘 맞는다.

실리콘을 쏘는 과정은 단순하다. 실리콘건을 쥔 손으로는 충전 부위에 실리콘을 짜고, 다른 손으로는 고무주걱(헤라)으로 실리콘의 모양을 잡는다(실리콘 전용 헤라는 실리콘과 함께 구입할 수 있다). 모든 것은 원 샷 원 킬. 망치지 않으려면 집중해서 한 번에 짜고 한 번에 다듬어야 한다. 헤라에 묻은 실리콘은 바로바로 닦아내야 다음 번 결과물이 말끔하게 나온다. 헤라로 실리콘을 펴서 마무리하는 과정은 보기에만 좋은 것이 아니라, 창호와 유리 틈 사이로 실리콘이 밀려 들어가 연결 부위의 부착력을 높여준다. 간단하지만 효과는 만점. 쏘는 작업이 끝나면 마스킹테이프를 조심스레 떼어낸다(실리콘이 완전히 굳으면 떼어낼 수 없게 된다).

코킹은 하려고 마음먹기는 어려운데 막상 해보면 너무 빠르게 작업이 끝난다. 좀 아쉬울 정도다. 이제 기다리는 일만 남았다. 표면이 건조되기까지는 두 시간이면 충분하지만 완전히 건조되어 제 기능을 하기까지 2~3일은 걸리므로 작업 전에 일기예보를 확인하고 비가 오거나 습도가 85퍼센트 이상인 날은 작업을 피하는 것이 좋다.

실리콘은 아주 친숙한 소재다. 실리콘 장갑, 실리콘 물병, 실리콘 주걱, 실리콘 뚜껑, 실리콘 매트…. 집 안에서 실리콘이라는 이름이 붙은 물건을 얼추 세어보아도 열 손가락이 넘는다. 이제 소비 시장은 플라스틱 만능의 시대를 벗어나 실리콘 만능의 시대를 맞았다고 해도 과언이 아니다. 소비자들은 인체에 무해하고 섭씨 200도까지 열을 견디는 실리콘 제품을 선호한다. 실리콘의 용도에 따라 기능과 성분은 각기 다르지만 그래도 여전히 실리콘으로 통칭된다.

요즘 시대에 실리콘이라는 이름은 일종의 은유와 같다. 물건 앞에 '실리콘'이 붙으면 일단 '말랑하고 부드럽지만 질기고 튼튼한 무엇'으로 여겨진다. 정작 실리콘이라는 이름이 어디에서 왔고 무엇을 의미하는지는 모르는 사람이 더 많을 것이다. 나도 실리콘을 구입하려고 검색해보기 전에는 그것이 무엇인지 몰랐고 딱히 관심도 없었다.

화학용어사전에 따르면, 실리콘silicone이란 규소를 함유하는 고분자 화합물을 가리킨다. 원소인 규소의 영어명은 silicon으로 철자가 한끗 다르지만 우리가 사용하는 실리콘과 발음이 같다. 고등학교 화학 시간에 "Si는 규소" 하고 외웠던 그 'Si'가 실리콘이란 이름의 앞 두 글자였다니! 주기율표와 원자번호를 외우면서도 원자의 풀네임이 무엇이고 어떻게 읽는지 모른 채 어른이 된 것이다. 이 와중에 문과라서 죄송하다고 하면 다른 문과생들을 모독하는 표현이 될지도 모르겠다. 우리가 흔히 사용하는 실리콘 소재 물건들은 규소를 주성분으로 하는 고분자 물질로 이루어져 있는데, 실리콘 고무도 그 중 하나다. 요리할 때마다 사용하는 실리콘 주걱도 규소 물질인 것이다.

규소와 산소의 결합으로 만들어지는 규소 수지는 고무, 오일 등 다양한 형태가 있고 경우에 따라 식품첨가물로도 쓰인다. 두부에 사용되는 소포제消泡劑가 그것이다. 소포제는 식품 제조 시 발생하는 거품을 방지하거나 감소시키는 용도로 쓰인다고 한다.

코킹에 쓰는 실리콘 카트리지도 실리콘 화합물이다. 가정에서 많이 쓰는 비초산 실리콘은 실리콘수지에 경화제, 가소제, 충전제가 섞인 것이다. 실리콘 제품에는 용도와 특징, 보관 방법과 유통 기한, 사용 방법, 경고 문구 등이 빼곡하게 적혀 있다. 용도에 따라 성분이 다르므로 창호에 바르는 실리콘인지, 욕실이나 주방에 쓰는 바이오 실리콘인지, 외장용 실리콘인지 잘 확인해서 구입해야 한다. 건조 후에 페인트 도장이 가능한 실리콘도 있는데, 퍼티처럼 벽의 틈을 보수하는 데 쓰인다.

실리콘은 우리가 흔히 알고 있는 백색이나 투명색 말고도 다양한 색상이 있다. 실리콘을 바르고자 하는 곳과 색상을 잘 맞추어 구입한다. 기호에 따라 색상 선택 기준이 다를 수 있지만 투명색은 권하지 않는다. 당장 발랐을 때는 백색보다 눈에 띄지 않아서 깔끔해 보여도 시간이 갈수록 누렇게 변색이 된다. 실리콘 폰케이스를 떠올려보자. 그것이 아름다울 때는 구입한 그 순간뿐이다. 백색 실리콘은 곰팡이나 물때가 끼면 눈에 잘 띈다는 단점이 있지만, 또 그것 때문에 청소를 하게 되므로 정기적으로 청소를 즐겨하는 이가 아니라면 차라리 백색 실리콘을 쓰는 것이 위생을 위해 나은 선택이 될 수도 있다. 실리콘에 물때가 좀 끼어야 '욕실 청소를 해야겠다'고 마음 먹는 나 같은 사람을 두고 하는 말이다.

요즘은 튜브형 실리콘도 쉽게 구할 수 있다. 실리콘건에 끼워 쓰는 카트리지는 자르면 한 번에 다 써야 하는데 용량이

300ml 내외여서 좁은 면적에 쓰기에는 낭비가 심하다. 간단히 접착하는 용도로 쓸 거라면 치약처럼 짜서 쓰는 튜브형 실리콘이 편하다. 튜브형 실리콘을 한 번에 다 쓰지 못했을 때는 튜브를 밀어서 공기를 최대한 빼낸 다음 뚜껑을 잘 닫아둔다. 나중에 입구 부분이 굳더라도 튜브를 잘라내면 안에 남아 있는 실리콘을 쓸 수 있다. 그러나 시간이 오래 지나면 역시 굳어버리기 때문에 처음부터 일회용이라 생각하고 소용량을 구입해 알뜰하게 쓴다.

욕실용 액세서리들은 못을 박아 걸거나 흡착식으로 고정하는 것이 많은데 흡착식 고리는 타일 표면이 매끈하지 않으면 아예 부착이 안 되거나 금방 떨어져버린다. 그럴 때는 차라리 고무로 된 흡착판에 실리콘을 발라 붙인다. 타일에 못을 박으면 되돌릴 수 없지만 욕실용 실리콘은 나중에 얼마든지 떼어낼 수 있으니까. 이런 고리가 막 쓰기에는 제일 저렴하기도 하니, 일석이조다.

우리 집 욕실 벽면에는 수건걸이조차 실리콘으로 붙어 있다! 전에 살던 사람의 작품으로, 두 눈으로 보고도 한참 믿기지 않았다. 그는 실리콘으로 무엇까지 붙일 수 있는지 시험해본 것 같다. 처음에는 수건걸이에 포함되어 있던 양면테이프로 붙여두었다가 계속 떨어지자 결국 실리콘을 쏘지 않았을까 추측해본다.

이사 오기 전까지만 해도 '이 지저분한 것은 내가 반드시 뜯어내고 만다!' 생각할 정도로 흉측하게 느껴졌으나, 막상 살아보니 이 수건걸이가 없는 상황을 잠시도 견디지 못하게 되었다. 집 안 곳곳에서 셀프 인테리어의 흔적을 볼 때마다 이전 거주자와 기묘한 동질감을 느껴왔는데, 그 때문인지 그의 작품을 훼손하기가 꺼려진다. 손님들이 보기에는 흉할지 모르지만 이 작은 수건걸이가 주는 편리함을 일상적으로 느껴온 나에게는 소중한 작품이다. 아마 이전 거주자와 운명적으로 만나게 된다면 실리콘으로 붙인 수건걸이를 소재로 한참 수다를 떨 수 있을 것 같다. 벽과 타일에 못 박기를 포기한 세입자로서 공감하며 나눌 이야기도 많을 것이다.

이렇듯, 한 번 붙여놓기만 하면 튼튼하게 유지되는 실리콘을 신뢰하지 않을 수 없다. 실리콘의 가장 큰 장점은 탄성이다. 물건에 충격이 가해질 경우 다른 접착제로 붙인 물건은 모 아니면 도, '붙어 있거나 떨어지거나' 둘 중 하나라면 실리콘은 제가 가진 탄성만큼 견뎌낸다. 여러 번 충격이 가해져도 마찬가지다. 다만 건조에 시간이 걸려서 부착한 다음 바로 사용하기 어렵고, 무거운 물건을 붙이려면 다른 접착제와 함께 써야 한다. 적은 양을 쓰더라도 건조 시간을 생각해 두 시간은 두었다가 사용한다. 나는 건조 상태를 간단히 후각으로 측정하는 편이다. '아직 실리콘 냄새가 나는구나. 더 두었다 쓰자.'

우리와 친하고, 어느 곳에나 도움이 되는 실리콘. 말랑하고 부드럽지만 질기고 튼튼한 무엇의 대명사로 쓰여도 이상하지 않다. 역시 실리콘은 실리콘이다. 다른 무엇으로 부를 마음이 들지 않는다. 다만, 이렇게 좋은 실리콘도 버려지면 쉽게 분해되지 않아 환경에 해를 끼친다. 실리콘이 해를 끼치지 않는 건 오직 인체뿐이다. 그러므로 가지고 있는 실리콘을 최대한 아껴 쓰고, 오래 쓰는 것만이 실리콘 만능의 시대를 살아가는 우리에게 꼭 필요한 습관일 것이다. 우리에게 좋은 것이, 지구를 망치지 않도록.

x18

글루건

대충 때우는 것도 재능이다

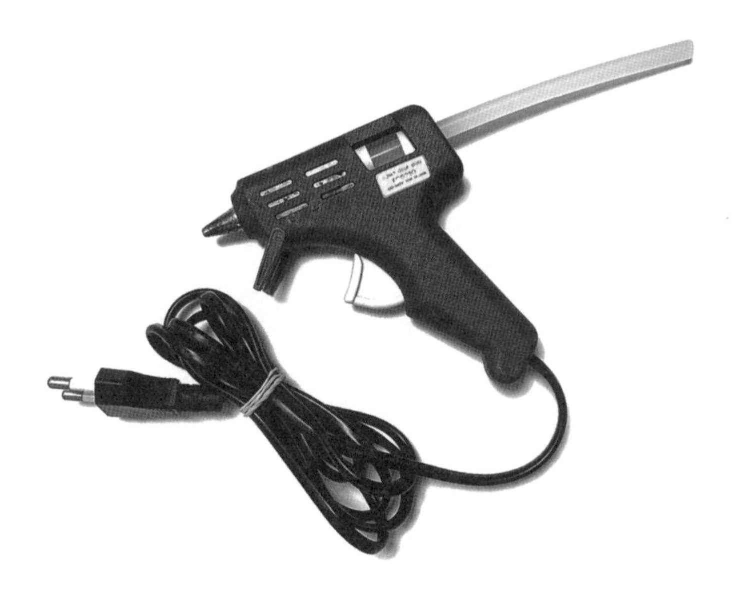

한겨울 현관 앞에 달아놓은 비닐 문이 무게를 이기지 못하고 부분 부분 떨어지기 시작한다. 들뜬 비닐 틈으로 막지 못한 외풍이 스며든다. 비닐 문과 같이 테이프로 붙인 것들은 기온이 낮아지면 접착력이 떨어진다. 그나마 사람 손이 덜 가는 물건은 오래가는 편이지만 매일 사용하는 물건이라면 어떻게 붙여도 버티는 힘이 떨어지기 마련이다. 그렇다고 벽에다 강력 접착제를 쓸 것인가? 에폭시나 폼 접착제는 한 번 붙으면 말끔하게 떼어내기 어려워서 곤란하다. 어떻게 보수할까? 고민은 길지 않다. 나는 어렵지 않게 글루건이라는 해결사를 떠올린다. 글루건을 쓰면 아주 강력하지는 않아도 남은 겨울 동안만큼은 비닐 문을 버티게 해줄 것이다.

글루건의 다른 이름은 핫멜트건hot melt gun이다. 글루건은 '풀glue'을 쏜다는 의미를 직관적으로 알 수 있는 이름이고, 핫멜트건은 '뜨겁게hot 녹인다melt'는 사실에 주목해 이 공구에 가열 장치가 있다는 사실을 일깨운다. 이름이야 부르는 사람 마음이지만 어쩐지 나는 글루건이라는 이름에 정이 간다. 글루건과는 꽤 오래 친분을 쌓아왔으니, 처음 알았던 이름을 더 친근하게 느끼는 게 당연하다. 온라인에서 오래 알던 친구와 자연스레 오프라인 친구가 되더라도 낯선 본명보다는 추억이 쌓인 닉네임을 부르게 되는 것과 같은 이치다.

글루건의 작동 방식은 단순하다. 총 모양의 본체에 원형 막대 모양의 고체 풀인 막대 본드를 끼워 넣고 방아쇠 모양의 버튼을 누르면서 풀을 짜낸다. 열을 이용해 고체 풀을 녹이는 방식이라 전력을 쓴다. 유선으로 되어 플러그를 꽂아야만 작동하는 글루건이 대부분인데, 최근에는 배터리를 충전해서 사용하는 무선 글루건도 다양하게 출시되고 있다.

나의 반려공구인 유선 글루건을 기준으로 작동 과정을 설명하자면 다음과 같다.

1단계: 막대 본드를 글루건의 구멍에 끼운다.

2단계: 플러그를 꽂고 사출구가 충분히 뜨거워질 때까지 예열한다.

3단계: 달아오른 사출구에서 풀이 녹아 나오기 시작하면 글루건을 집어 든다.

4단계: 접착하려는 부분에 사출구를 대고 방아쇠를 당겨 풀을 쏜다.

5단계: 막대 본드가 짧아지면 뒤에 새로운 심을 끼워준다.

글루건은 재미있는 공구다. 고체가 열에 녹아 액체가 되고, 다시 굳어서 물건을 접착시키는 단순한 과정은 보는 것만으로도 왠지 대단한 화학 실험을 해낸 것처럼 대견하게 느껴진다. 공구는 대부분 나 자신의 물리적인 힘을 극대화시키는 도구이지만 글루건은 화학적인 방법으로 내가 가진 힘과 무관하게 아주 가뿐히 문제를 해결한다. 작은 액세서리를 만들거나 가구에 고리를 붙일 때, 인테리어 장식을 만들거나 망가진 못 구멍을 되살리는 데에도 글루건을 쓴다.

글루건을 사람에 비유한다면 다재다능하고 손이 빨라서 한 번에 많은 일을 해내는 동료일 것이다. 그렇지만 그에게도 조심스러운 부분은 있다. 글루건은 의외로 굉장히 뜨겁게 달아오른다. 인두기처럼 몇백 도에 이르는 열은 아니지만 물이 막 끓은 전기포트만큼은 뜨겁다. 그래서 가까울수록 거리 두기가 필요한 동료이기도 하다.

글루건으로 녹인 본드를 무심코 만졌다가 사소한 화상을 입은 적이 있다. 손가락에 작은 물집이 생긴 정도인데 그것으로도 겁을 먹었다. 녹아서 나온 본드의 온도가 그만큼 뜨거운데 글루건의 사출구는 어떨까? 절대 알고 싶지 않다. 글루건을 사용할 때는 녹인 본드나 사출구를 만지지 않도록 계속 집중하고 주의한다. 본드가 식을 때까지 접착물을 눌러서 고정할 때는 손가락을 쓰지 않고 가위나 핀셋 등의 금속 도구로 눌러준다. 금속이 아닌 도구는 본드가 묻으면 들러붙기 쉬워 불편하다.

유선 글루건이라면 사용 후에는 플러그를 뽑는 것도 잊지 말아야 한다. 전력 낭비는 물론이고 과열의 위험이 있다. 나는 공구를 좋아하면서도 사용할 때마다 갖은 위험을 상상하는 소심한 사람이지만, 지금껏 공구를 사용하면서 크게 다치지 않고 살아온 것도 타고난 운이자 특기라면 특기일 테다. 조심성 덕분이기도 할 것이다.

녹기 전에는 아무 위협도 되지 않고 어떤 쓸모도 없는 물건, 글루건의 막대 본드다. 글루건에 들어가는 심의 직경은 모델마다 정해져 있어서, 글루건의 규격에 맞는 심을 구입해야 한다. 내가 쓰는 미니 사이즈 글루건에는 가장 작은 7mm 직경의 심만 넣을 수 있다. 주로 사용하는 막대 본드는 백색에 가까운 투명한 색인데, 녹으면 투명해졌다가 식으면 다시 불투명한 색으로 돌아온다. 이 고체 본드의 색상은 시간이 흐를수록 누렇게 변색되지만 보이지 않는 곳에 쓸 거라면 한 번에 많이 사두어도 문제없다.

쓰다 남은 막대 본드를 모아두고 보니 색상이 저마다 다르다. 누렇게 변색된 것은 오래된 것, 백색에 가까운 쪽이 그나마 최근에 구입한 것이다. 노란 고무줄로 한데 묶어 두었더니 가운데 부분에 고무줄 색깔의 흔적이 남았다. 참, 주변의 영향을 많이 받는 녀석이다. 막대 본드는 색종이만큼 다양한 색상이 존재하고 검은색도 구할 수 있지만 소재나 접착력은 다르지 않다. 더 강력한 접착을 원한다면 아예 성분이 다른 막대 본드를 구입해야 한다.

내가 사용하는 막대 본드는 가장 저렴한 EVAEthylene-Vinyl Acetate 재질이다. 편의점 비닐우산의 원단이나 신발 밑창, 요가매트 등도 같은 EVA 소재다. EVA보다 접착력이 훨씬 강한 폴리아미드, 폴리프로필렌 소재로 된 막대 본드도 있다고 하나, 일상적으로 두루 사용하기에는 EVA로 충분하다. 문구점에서 구할 수 있는 막대 본드는 EVA 재질이다. 잘 녹고 잘 붙지만 떼어내고자 하면 떼어낼 수 있는 것이 바로 저렴한 막대 본드의 장점이다.

'뭔가를 붙여볼까?' 하는 궁리가 들면 가장 먼저 떠올리는 것이 글루건이다. 그 정도로 글루건은 다양한 것들을 붙이고, 고정할 수 있다. 원단과 원단을 붙이는 것도 가능해서, 바느질을 못하는데 당장 바짓단을 수선해야 한다면 글루건으로 붙여볼 수 있다. 결과물은 손재주에 따라 천차만별일 테지만 일단은 시도할 수 있다는 게 중요하다.

끈이 떨어진 우산을 수선할 때 글루건으로 붙여보았다. 연장할 끈을 준비하고 풀을 쏜 다음 비닐우산의 끈을 붙였다. 풀이 빠르게 식어버렸다면, 온도가 낮은 고데기를 사용해 열로 녹이면서 고르게 펴줄 수 있다. 바짓단도 이런 방법을 쓴다면 말끔하게 붙일 수 있을 것이다.

천장등을 교체하다 깨뜨린 등기구 케이스도 글루건의 도

움을 받았다. 깨진 부위가 워낙 넓어서 막막하던 차에 글루건으로 위기를 모면했다. 붙이다 보니 재미있어서 행성과 같은 문양을 만들어보기도 했다. 불이 꺼져 있을 때 올려다보면 살벌한 모습이지만, 불을 켜면 미묘하게 신비로운 느낌을 주기도 한다.

또 한 가지 팁. 글루건만 있으면 무엇이든 냉장고 자석으로 만들 수 있다. 붙이고 싶은 물건에 글루건을 쏘고 자석을 붙이면 끝이다. 조개껍데기 뒷면에도 글루건을 쏘면 귀여운 냉장고 자석이 된다. 바닷가에서 직접 주운 조개껍데기를 냉장고에 착 붙여두면 볼 때마다 바닷가의 추억이 떠오른다. 요리 레시피나 기억해두고 싶은 문장들을 예쁜 조개껍데기 자석으로 붙여놓는다.

타국에서는 유용하게 쓰이다가도 환전할 때면 늘 찬밥신세가 되는 외국의 동전도 글루건으로 자석을 붙이면 유용하고 독특한 장식으로 탈바꿈된다.

아예 나무집게나 고리를 가구에 붙여 쓰는 것도 방법이다. 책장이나 옷장 문, 주방 카운터 등에 나무집게를 글루건으로 붙여놓으면 놓치고 싶지 않은 메모나 영수증, 우편물 등을 끼워둘 수 있어 편리하다. 압정이나 못을 박으면 가구에 흔적이 남지만, 글루건으로 붙인 것들은 나중에 떼어낼 수 있다. 글루건의 접착력이 다른 접착제에 비하여 애매하다는 평가가 단점이 될 수 없는 이유다. 오히려 애매하기 때문에 글루건을 마음껏 쓸 수 있는 것이다.

넓어져서 못 쓰게 된 못 구멍이 있다면 그곳에도 글루건을 활용해보자. 나사못이 한 번 빠지고 나면 다시 못을 박아도 금방 풀려 나오거나 못 구멍만 더 넓어지는 경우가 있다. 앙카를 박아 쓸 자신이 없다면 못 구멍에 글루건을 쏘고 완전히 굳기 전에 나사못을 박으면 앙카를 쓴 것처럼 단단하게 고정된다. 체중이 실리는 침대나 의자, 책상 등에는 쓸 수 없는 방법이지만 액자나 거울을 거는 정도라면 글루건으로 대충 때워 볼 만하다.

가만 보면 '대충 때우는' 것이 글루건의 가장 대단한 재능일지도 모른다. 완벽주의자 입장에서는 역시 애매한 동료일지도 모르지만 글루건은 대상과 목표를 가리지 않는다. 내가 생각하기에 좋은 공구란 어떤 일이든 시도해볼 만하다는 용기를 주는 공구다. 대단한 공구가 있으면 무슨 일이든 다 해낼 수 있을 것 같지만, 사실 어떤 일을 해내고자 계획하고 실행하는 것은 공구를 든 사람이다. 사람이 의욕을 가지고 시도하지 않으면 공구는 혼자서 아무 일도 해낼 수 없다. 그런 면에서 글루건은 의욕을 자극하는 좋은 공구다. 칼로 자르거나 떼어낼 수 있는 것도 장점으로 강조하고 싶다. 물건의 용도를 바꾸거나 재활용하는 데 완벽한 접착은 방해가 된다. 냉장고 자석으로 쓰던 조개껍데기를 모빌이나 팔찌로 만들고 싶다면, 칼끝으로 자석을 떼어내고 활용하면 된다. 접착했던 것들이 떨어진대도 다시 라이터나 글루건으로 녹여서 붙이면 되니 걱정할 필요가 없다.

세상의 많은 일은 시도하기 전이 가장 어렵고 힘들어 보인다. 하지만 어쩌면 나도 글루건처럼 아주 다양하게 쓰일 수 있는 사람인지도 모른다. 모든 면에서 완벽하게 일을 해낼 순 없어도 재치 있게 문제를 해결하는 사람. 실패해도 또 다른 방법을 찾는 그런 사람. 붙으면 좋지만 안 붙으면 어쩔 수 없지. 떨어지면 어때, 다시 붙이면 되는걸. 걱정과 고민을 내려놓고 나에게도 다시 기회를 준다. 글루건에게 그랬던 것처럼. 우리에게 필요한 건 완벽함이 아니라 기회를 놓치지 않을 여러 번의 시도와 나 자신에 대한 믿음일 것이다.

접착제

좌절 없는 실패에 대하여

억지로 이어 붙인 인연은 오래가지 못한다. 그러나 이치를 안다고 이별이 쉬울 수는 없다. 사람과의 이별이 그와의 만남을 종결짓는 것이라면 물건과의 이별은 자신의 기억과 헤어지는 일이다. 살아가는 일에 미련이 많은 나는 어떤 물건과도 선뜻 이별하지 못한다. 물건이 망가지면 보낼 때가 됐다 생각하면서도 서랍을 열어 접착제를 찾는다. 그리고 기어이 이어 붙여본다. 헤어져야 하는 것이 사람이라면 차라리 답은 명확하다. 사람과의 관계는 자연스러운 흐름을 거스를 수 없고, 헤어질 결심을 하지 않으면 결과적으로 서로의 시간을 빼앗는 일이 되고 만다. 그러나 물건은 다르지 않은가. 원하는 만큼 붙잡아도 피해를 볼 사람은 나 하나뿐이다. 물건은 내 통제하에 있고 대부분 나 때문에 망가진다. 내 영역 안에서 벌어진 일이니만큼 어떻게든 되돌릴 방법을 찾아본다. 각종 공구와 접착제를 가까이하는 것도 어떤 면에서는 물건과 함께하는 시간을 연장하기 위해서라고 말할 수 있겠다.

접착제는 사전적으로 공구의 범주에 들어가지 않지만, 공구만큼이나 생활에 도움을 주는 물건이다. 그 역시 '만들고, 수리하는' 공구의 사명을 똑같이 지니고 있다. 지금껏 다양한 접착제를 사용해보았지만 어느 하나에 정착할 수는 없었다. 붙이고자 하는 물건의 용도나 재질에 따라 사용해야 할 접착제가 달라지는 것은 물론이고, 기술이 발달할수록 더 간편하고 강력한 접착제가 만들어지기 때문이다.

1990년대만 해도 일상에서 쉽게 구할 수 있는 접착제라고는 오공본드가 전부였다. 알루미늄 튜브에 들어 있는 본드를 짜면 누런 빛깔의 끈끈한 액체가 흘러나왔고, 그것을 칫솔이나 이쑤시개로 펴 발라 물건을 붙인 다음 굳을 때까지 한참 두어야만 했다. 당시에는 선택의 여지가 없었다. 뭔가를 붙이려면 가장 먼저 오공본드를 찾아 나섰다.

고등학교 시절, 교복 아래 신던 단화의 밑창이 떨어지자 나는 특별한 고민 없이 오공본드로 밑창을 붙였다. 겉보기에는 말짱해 보였지만 학교에 도착하기도 전에 다시 떨어지고 말았다. 구둣방에 수선하러 갔더니 잔소리가 쏟아졌다. 구둣방 아저씨는 내가 얼기설기 발라놓은 본드를 제거하느라 한참을 고생했고 다음에 또 이런 일이 생기면 반드시 구둣방에 맡기라는 조언을 들었다. 아저씨가 바르는 본드는 색깔이나 점도가 오공본드와는 확실히 달라 보였다. 그렇구나. 구두에는 구두에 맞는 본드가 따로 있구나. 그렇다면 다른 물건들도 붙이는 방법이 다 다를까? 문득 그런 궁금증이 들었지만 주위에 물어볼 어른도 인터넷도 없었다. 그래서 모르는 채로 어른이 되었다.

2000년대에 이르자 순식간에 붙는 강력 접착제가 TV홈쇼핑에 자주 등장했다. 줄여서 '순간접착제'라고 불렸다. 이전 시대의 본드와 달리 묽고 투명하고 빠르게 굳었다. 알루미늄 튜브가 아닌 플라스틱 용기에 담긴 강력 접착제는 냄새도 본드만큼 심하지 않아서 한결 쓰기 좋았다. 그렇지만 손에 묻으면 씻어내기 어려웠다. 이전 시대의 본드는 마르고 나서 얼마든지 쉽게 떼어낼 수 있었기에 장갑을 끼지 않고 사용하는 이들이 많았다. 오공본드에 익숙해져 있던 사람들은 맨손으로 강력 접착제를 사용하다 이런저런 사고를 당하기도 했다. 심지어는 '손가락이 붙어버려서 수술까지 했다더라' 하는 썰이 유행하면서 공포심을 조장했는데, 그 썰이 나한테는 아주 잘 먹혀서 한동안 접착제는 거들떠보지도 않았다. 솔직히 말하면, 그 믿기 힘든 소문을 검증하거나 두려움을 떨칠 만큼 이어 붙이고 싶은 물건이 없었던 것이었다.

20대 후반 즈음 물건과 만들기에 진심이 되었고, 시중에 나와 있는 접착제를 하나둘 써보기 시작했다. 목공풀, 순간접착제, 실리콘, 에폭시 접착제 등 용도와 자재에 따라 사용해야 할 접착제의 성분이 달랐고, 접착제가 고체인 것, 액체인 것, 스프레이 방식으로 뿌리는 것, 막대나 브러시를 활용하는 것까지 종류도 아주 다양했다. 접착제에 대하여 가졌던 의문을 십수 년이 지나서야 스스로 풀어내게 된 것이다.

목공을 시작하며 만나게 된 목공풀은 '풀'이라는 이름 때문에 나약해 보이지만 일단 한 번 붙고 나면 아주 강력하다. 나무로 된 소품 중에 못이나 타카 자국이 없는 물건이 있다면 그것은 목공풀만 사용해서 완성한 것이다. 목공풀은 찹쌀풀과 비슷한 점도로, 굳기 전에는 백색 또는 아이보리색이고 완전히 건조되면 투명해진다. 목공풀로 붙인 나무는 해체가 어렵다. 망치로 때리는 수밖에 없는데 그러면 나뭇결이 다 뜯긴다. 그래서 오래 사용할 가구에는 나사못과 목공풀을 함께 쓰지만 나중에 해체할 가구나 재사용할 나무에는 목공풀을 쓰지 않는다. 우리 집은 이사할 때마다 일부의 가구를 해체하고 이사 가는 집에 맞추어 다시 만들기 때문에 나무를 재사용한다. 그래서 목공풀은 원목 가구에 나사못을 박을 때에만 조금씩 사용하고 있다. 습도 변화로 나사못이 풀리는 걸 방지하는 용도다.

다음으로 친해진 접착제는 순간접착제 '록타이트Loctite'다. 굳이 브랜드명을 밝히는 이유는 내가 이것만을 사용하기 때문이다. 순간접착제로 분류되는 제품은 많지만 사용과 보관이 용이한 제품은 많지 않다.

공예가들이 많이 사용하는 브러시 형태의 록타이트는 뚜껑에 긴 브러시가 달려 있어 접착제를 정밀하게 바를 수 있다.

용기의 모양도 브러시를 거치할 수 있도록 세워진 형태다. 그림을 그릴 때 붓으로 물감을 찍어 색칠을 하듯 브러시에 접착제를 묻혀 원하는 곳에 바르면 된다. 브러시를 담가 놓으면 뚜껑을 잠그지 않아도 어느 정도 공기가 차단되어 사용하는 동안 매번 뚜껑을 잠글 필요가 없다. 그러니 순간접착제를 자주 쓰는 만들기를 한다면 브러시형 록타이트가 제격이다.

록타이트는 브러시 형태 말고도 펜형, 스프레이형, 주사기형 등 사출구의 형태가 다양하다. 접착력도 좋은 편이지만 사용자의 편의에 맞게 제품을 디자인하는 성의가 돋보인다. 다만 순간접착제의 한계로 입구 부분이 굳지 않도록 주의해야 하고 가볍거나 작은 물건들만 붙일 수 있다. 자석처럼 계속 힘을 받는 물건이나 도자기, 유리 등을 보수하기에는 역시 미덥지 못하다.

록타이트보다 강력한 접착제가 필요할 때는 투명 에폭시 접착제를 사용한다. 에폭시epoxy는 플라스틱의 일종으로 각각 '주제'와 '경화제'라고 부르는 두 가지 액체를 섞어야만 접착 효과가 있다. 둘을 섞지 않으면 그저 냄새 나는 액체일 뿐 어느 것도 붙지 않는다. 몇 년 전만 해도 주제와 경화제를 따로 구입해야 했지만 이제는 두 개의 액체가 담긴 주사기 형태의 에폭시 접착제를 쉽게 구할 수 있다. 주사기의 누름대를 누르면 같은 용량의 주제와 경화제가 흘러나온다. 이를 이쑤시개나 면봉으로 섞어주기만 하면 강력 접착제가 만들어진다. 섞여야만 효과가 있다니 재미있는 물건이다. 어쩐지 20세기 할리우드 액션 영화에 자주 등장하던 액체 폭탄이 떠오른다. 접착제나 영화 속 폭탄이나 모두 폭발하지 않고 문제가 해결된다는 공통점이 있다.

주제와 경화제를 섞고 나면 아주 빠르게 굳어버리니까 한 번에 다 섞지 않고 조금씩 혼합해 사용한다. 순간접착제는 두어 번 쓰고 나면 입구 부분이 굳어서 못 쓰게 되는 경우가 많은데, 에폭시 접착제는 사용 후에 용기를 잘 닦아서 뚜껑을 닫아두면 굳지 않고 마지막까지 사용할 수 있어 경제적이다. 얇게 발라도 단단하게 붙기 때문에 도자기 제품이나 아크릴, 유리처럼 깨진 단면을 보수할 때 에폭시 접착제를 쓴다.

투명 에폭시 접착제는 초강력 자석이라 불리는 네오디뮴 자석의 힘도 견뎌낸다. 장식용으로 만드는 냉장고 자석이야 글루건을 쏘는 것만으로도 충분하지만, 더 강한 자력을 원한다면 네오디뮴 자석을 써야 한다. 사이즈가 큰 집게에 네오디뮴 자석을 붙이면 냉장고에 무엇이든 걸어둘 수 있다. 레시피를 적은 종이나 약봉지, 선물받은 카드뿐만 아니라 그보다 무거운 것들도 얼마든지 버틴다. 네오디뮴 자석은 오프라인에서 개당 천 원에 달하는 비싼 가격이지만, 인터넷으로 구입하면 개당 100원대에 저렴하게 구할 수 있다. 냉장고나 철제 가구 등에 이것저것 붙이거나 장식하기를 좋아하는 이라면 네오

BOOM!

디뮴 자석과 에폭시 접착제를 적극 활용해보기를 권한다. 다른 접착제와 마찬가지로 장갑을 끼고 피부에 접착제가 묻지 않도록 주의한다.

에폭시 접착제에는 액상형이 아닌 점토형 접착제도 있다. 접착제가 진열된 매대에 가면, 투명한 플라스틱 케이스에 담긴 막대 모양의 점토형 접착제를 쉽게 찾아볼 수 있다. 이것 역시 주제와 경화제로 이루어져 있고, 두 가지 성분을 손으로 주물러 섞으면 접착 가능한 상태가 된다. 단면에 접착제를 '묻혀서' 붙이는 액상형과 달리 점토로 내가 원하는 모양을 '만들어서' 붙이는 것이다.

'믹스앤픽스Mix&Fix'는 대표적인 점토형 접착제다. 다른 제품보다 잘 붙는다고 확신할 순 없지만 일단 사용이 편리하다. 믹스앤픽스는 섞기 전에도 딱딱하지 않고 일반 점토처럼 부드러운 편이라, 주제와 경화제를 섞을 때 손아귀 힘이 덜 든다(물론 이것도 마르면 딱딱해지므로 공기 노출을 최소화하여 보관해야 한다). 소재나 기능에 따라 제품이 다양한 것도 장점이다. 수중용은 수영장 바닥이나 욕조, 선박 등 물에 젖은 부위나 물속에서도 보수가 가능하다. 보일러같이 고온의 열을 견뎌야 하는 곳에 사용하는 고온용, 철이나 알루미늄, 구리 등 금속을 보수하는 금속용도 있다. 내가 주로 사용하는 것은 다양한 소재에 사용하는 다목적용과 금속용이다.

점토형 접착제의 사용법은 간단하다. 장갑을 낀 다음 막대 점토를 원하는 만큼 커터로 잘라 손으로 주무른다. 막대의 단면을 보면 검은색의 심지가 있고 그 주변을 밝은 색의 점토가 두르고 있다. 이 두 가지 색상을 주물러서 하나로 섞어주면 열이 난다. 주제와 경화제가 섞이며 화학반응이 일어나는 것이다. 열이 완전히 식기 전에 원하는 곳에 붙이고 모양을 잡는다. 늦으면 금방 굳어서 접착력이 없는 평범한 돌덩이가 되어버린다. 그럴 때는 다시 잘라 섞어야 한다.

쓰던 못 구멍에 다시 못을 박을 때, 믹스앤픽스를 조금 섞어 구멍에 밀어 넣고 박으면 아주 튼튼하다. 낡아서 부서진 콘크리트 벽에 메꾸미 대신 붙이기도 한다. 거주하는 건물의 망가진 문 손잡이도 믹스앤픽스로 보수했다. 오래된 나무 손잡이의 갈라진 틈을 믹스앤픽스로 단단히 메꾸고, 접착 부위가 눈에 띄지 않도록 손잡이와 비슷한 색으로 도색했다. 다목적용 믹스앤픽스는 굳고 나면 위에 페인트칠을 하거나 드릴로 구멍을 뚫는 것도 가능하다. 세상에 나온 지 꽤 되었는데도 쓸 때마다 신기하고 짜릿하다. 신문물이란 단어는 세상에 낯선 기술이 아닌, 나에게 낯선 무엇을 직접 체험하게 될 때에 튀어나오는 감탄사인 듯하다.

요즘도 생활용품점에 가면 접착제를 파는 매대에 반드시 가본다. 내가 모르는 사이에 또 다른 신문물, 새로운 접착제가 나와 있지 않은지 궁금해서다. 접착제는 공구와 다르게 심리

적 접근성이 높다. 시도해서 붙으면 좋고, 붙지 않아도 별다른 손해를 입지는 않는다. 좌절이 없는 실패랄까. 어떤 기술이든지 시도해보는 사람이 많아야 빠르게 발전하고 전파되는 법이다. 그러니 수리, 보수 영역에서도 공구보다는 접착제의 신문물 전파 속도가 빠른 게 아닐까 추측해본다.

적극적으로 물건과의 이별을 거부하는 삶을 살다 보니 아이러니하게도 이제는 붙잡아야 할 대상과 이별해야 할 대상을 뚜렷이 구분하게 됐다. 어떤 물건은 깨지는 순간 완전히 쓸모를 잃는다. 아름다움을 감상하기 위해 존재하는 장식품이나 화병 같은 물건이 그렇다. 온전하기에 아름다운 물건들은 어떻게 보수해도 다시 아름다워지지 않는다. 그런 물건과는 빠르게 이별하고 마음을 추스른다. 누더기처럼 기워봐야 흡족하지 않을 것을 알기 때문이다. 아름다운 물건이 떠난 자리는 다른 아름다운 물건으로 채우는 수밖에 없다. 대신에 아름다움 외의 기능이 있는 물건이라면 겉모습이 성하지 않아도 다시 정을 붙일 수 있다.

접착제로 물건을 이어 붙이는 행위는 원상복구를 도모하는 것이 아니다. 어디까지나 물건이 제 기능을 하도록 보조하고, 한편으로는 물건이 망가진 순간의 충격을 잊기 위한 처치이기도 하다. 망가진 것을 붙이는 동안 나는 흔들리는 감정에서 벗어나 고요한 기능의 세계로 들어간다. 깨어진 조각을 퍼

즐처럼 맞추어가는 일, 날카로운 단면에 접착제를 발라 본래의 부피와 모양을 잡아가는 일. 이것들은 논리적 사고가 작용하는 기능적 손놀림이고 이것이 나를 자책과 상실감에서 구해낸다. 기능적 손놀림을 거치다 보면 문제가 완전히 해결되지 않더라도 마음이 한결 가벼워지는 것을 느낄 수 있다.

접착제가 제시하는 결론은 '붙거나, 붙지 않거나' 둘 중 하나다. 어떤 문제라도 이렇듯 명확한 결론에 다다른 상태를 나는 완성이라고 부른다. 공구는 사용하다 실패하면 일 자체가 마무리되지 않을 때가 많은데, 접착제는 어쨌거나 '완성'이 가능하다. 접착제로 붙지 않는 물건은 붙일 수 없는 물건이다. 아무리 아쉬워도 인정하고 받아들인다. 망가뜨린 건 내 잘못이지만 붙지 않는 것까지 내 잘못은 아니다. 만약에 접착제로 붙여서 어느 정도 제 모습과 기능을 찾는다면, 나는 '능히 할 수 있다'는 기분에 취한다. 이어 붙인 모양새가 아름답지 않아도 괜찮다. 실망스럽더라도 일단 두어본다. 그 물건을 사용하는 편리함이 외적인 아름다움의 기준을 압도하는 순간, 문득 이런 생각이 든다.

'이대로도 충분한 것 같다.'

재봉틀

기꺼운 고독의 시간

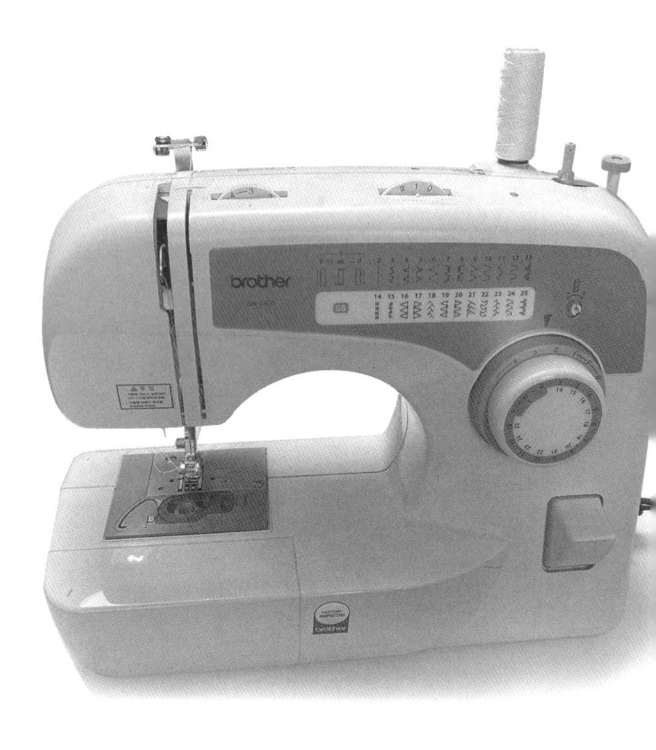

내가 자라는 동안, 우리집은 대개 적막했다. 마치 이상적인 정상가족의 모습이 생각날 법한 다섯 식구가 사는 집이었지만 드라마에서 보는 것처럼 시끌벅적한 웃음과 떠들썩한 소란이 이는 일은 없었다. 기실 아버지를 제외한 다른 이들의 존재는 그의 독보적 존재감에 짓눌려 음소거 되어 있었다. 아버지는 타인이 내는 소음을 견디지 못하는 사람이었기에 그가 집에 있는 날이면 모두 발꿈치를 들고 걸으며 마찰음이 나지 않도록 문을 여닫았다. 그가 휴식하는 동안에는 물을 쓰는 것도 금지되었다. 그러지 않으면 불호령이 떨어졌고 상식으로는 예측할 수 없는 결과를 맞이하게 되었다. 그러니 그의 신경을 건드리지 않으려면 소음을 내지 않고 살아가는 법을 여러모로 터득하는 수밖에 없었다.

하지만 엄마가 재봉틀을 쓰는 동안은 누구든 자유로웠다. 당연하게도 아버지가 없는 시간에만 돌아가는 기계였기 때문이다. 엄마의 재봉틀은 마치 요 술을 부리는 도구처럼 이것저것 만들어냈다. 드르륵- 드르르르륵- 내부의 금속 부품들이 철컥거리며 부딪히는 소리가 복도를 따라 전해져 오면 나도 모르게 긴장이 풀렸다. 그래, 지금은 아버지가 없는 시간이야. 소리를 내도 괜찮아. 적막함에 길들여진 사람들은 대체로 소음에 취약한 성향을 갖게 되지만, 놀랍게도 어떤 소음은 되려 마음을 안정시키기도 한다. 나에겐 재봉틀 소리가 그랬다.

재봉틀의 스위치가 켜지고 작은 전구에 불이 들어오면 엄마의 얼굴에는 평소에 보지 못한 평화로움이 감돌았다. 침묵하기 위해 꽉 닫혔던 입술은 힘이 풀린 채 부드럽게 다물렸고 재봉틀의 따스한 불빛이 엄마의 얼굴을 비추면 집중한 눈동자가 투명하게 빛났다. 아버지의 부름에 답하기 위해 바짝 대기할 필요가 없는 그 시간, 나는 이것이 엄마의 진짜 얼굴이 아닐까 생각했다. 옷감에 시침핀을 꽂고 성기게 바느질한 다음 재봉틀에 끼워 드르륵 박으면 순식간에 치마허리가 줄거나 바짓단이 늘었다. 식구들의 몸이 변화할 때마다, 혹은 새 옷을 갖게 될 때마다 엄마의 재봉틀은 그들 몸에 맞게 옷을 고치고 다듬었다. 조금 크거나 작은 옷들도 맞춤옷처럼 편안하게 입을 수 있었던 것은 엄마의 바지런함 덕분이었다.

아이들은 엄마가 자신에게 집중하지 않는 시간을 싫어한다지만, 당시의 나는 아무에게도 집중하지 않은 상태, 오로지 혼자만의 시간에 몰입한 엄마를 보는 것이 좋았다. 재봉틀 앞에서 엄마는 혼자였다. 혼자여서 외롭거나 쓸쓸하기보다는 한 단계 높은 차원의 고독을 겪는 듯이 독립적인 존재로 느껴졌다.

어른이 된 나도 가끔은 재봉틀을 사용한다. 손으로 하는 일은 대부분 좋아하지만 손바느질은 너무나 서툴러서 어떤 것들은 재봉틀을 사용하여 신속하게 완성한다. 낡고 닳은 수건이나 면티셔츠를 잘라서 가장자리를 박으면 걸레가 된다. 긴팔 옷은 팔을 잘라서 팔토시를 만들 수도 있다. 옷을 줄이거나 늘려 입는 고급 기술은 아직 익히지 못했지만 옷감을 일직선으로 마구 박는 일에는 기쁜 마음으로 재봉틀을 꺼낸다.

흔들리지 않고 박기 위해 먼저 천감을 다림질한다. 시침핀으로 자리를 표시해서 옷감을 고정하는 방법은 숙련자에게나 해당되는 이야기다. 바늘이 움직이는 속도를 염두하며 동시에 옷감을 적당한 힘으로 당기는 일은 하루 이틀 익혀서 알게 되는 것이 아니다. 나는 최대한 옷감이 부드럽게 지나갈 수 있도록 바느질할 모양으로 천을 접어서 반듯하게 다린다. 이렇게 하면 초보자의 손놀림으로도 옷감이 뒤틀리거나 바늘땀이 빗나가는 걸 최대한 막을 수 있다.

재봉틀에는 실을 끼우는 위치나 순서가 그림으로 그려져 있어서 매번 기억하거나 설명서를 들여다볼 필요가 없다. 재봉에 사용하는 밑실과 실패를 감는 일도 재봉틀로 빠르게 할 수 있다. 제 위치에 실패를 끼우고 발판을 밟기만 하면 재봉틀이 알아서 실을 감아준다. 옷감의 종류와 두께에 맞도록 실이 팽팽하게 당겨지는 힘, 장력을 조절할 수 있다. 원하면 바늘땀의 간격도 바꿀 수 있다. 아직 재봉틀을 사용한 데이터가 쌓이지 않아서 매번 옷감에 박아보고 나서야 적당한 스티치를 찾곤 하지만, 해냈다는 사실만으로 스스로가 대견하게 느껴진다. 다루는 방법을 잘 모르고, 결과물이 탁월하지 않은데도 이렇듯 만족스러운 공구는 재봉틀만 한 게 없는 것 같다.

과거에는 지역 문화센터에서 저렴한 가격으로 재봉틀 사용법을 배울 수 있었지만 코로나 바이러스가 창궐하면서 프로그램이 많이 사라졌다. 요즘은 재봉틀로 뭔가 해보고 싶을 때 인터넷을 활용한다. 포털 사이트에 키워드를 검색하고 유튜브 동영상이나 블로그를 보면서 차근차근 따라 해본다.

재봉틀은 멀리하면 금방 잊어버리지만 그래도 가지고만 있으면 뭐든지 만들 수 있을 것 같은 기분이 든다. 나도 언젠가 엄마처럼 내 옷을 고치고 다듬어서 몸의 변화에 따라 맞추어 입게 되겠지? 엄마가 20년, 30년 전의 옷을 아직도 수선해서 입는 것처럼 말이다. 그것이 당장의 일이 아니라도 상관없다. 몸은 모양과 크기가 고정되어 있는 물체가 아니라 살아 있는 동안 계속 변화하는 것이고, 재봉틀은 그러한 변화를 능숙하게 받아들이는 공구다. 나를 옷에 맞추려고 애쓸 필요도, 내 몸을 재단하거나 판단할 필요도 없다. 단언컨대, 재봉틀을 능숙하게 다룰 수 있다면 내 몸을 중심으로 생각하고, 내 몸에 맞게 환경을 바꾸어나가는 데 익숙해질 것이다. 그 밖에도 옷감을 활용해 다른 용도의 물건을 만들어내는 새활용upcycling 아이디어도 자유롭게 실행해볼 수 있을 것이다. 아직은 기술이 부족하지만, 책상 밑에 놓인 재봉틀을 보는 내 마음은 이미 모든 것을 이룬 듯이 뿌듯하다.

사실 내가 사용하는 재봉틀이 내 소유의 물건은 아니다. 함께 사는 친구가 할머니에게 물려받은 것으로, 말하자면 얻어 쓰고 있는 것인데 동거인이 재봉틀을 사용할 줄 모르는 탓에 얼결에 나 혼자서 쓰고 있다. 과거의 주인이었던 동거인의 할머니는 이 재봉틀로 무엇을 고치고 만드셨을까? 내가 머릿속으로 떠올리는 엄마의 모습과 비슷하지 않을까?

재봉틀을 사용하는 일을 제법 낭만적으로 그렸으나 이것 역시 노동은 노동이다. 대부분의 사람들이 노동을 함으로써 몸과 시간을 소진하고 평생 노동의 굴레에 얽매여 있지만 전업주부의 삶은 특히 그렇다. 하루에 한 시간이라도 자신을 위해 쓰려면 눈치가 보이는, 오롯이 봉사와 헌신만이 미덕으로 여겨지는 삶. 재봉틀을 쓰는 시간이 당사자에게 정말로 평화로운 시간이었는지는 알 수 없다.

다만 어떤 노동은 정직하게 그것의 가치를 드러낸다. 회사 일을 열심히 한다고 반드시 직급이 올라가거나 회사가 번창하지는 않지만, 일상의 노동은 시간을 들이는 만큼 주변 환경을 변화시킨다. '집안일은 아무리 해도 티가 나지 않는다'는 말은 맞지만 또 틀리다. 떨어진 머리카락을 치우고 먼지를 닦으면 바닥이 깨끗해지고, 이불을 털어서 햇볕에 말리면 고슬고

슬하고 기분 좋은 냄새가 난다. 욕실의 물때를 벗기면 눈이 환해지며, 뜨겁게 달구어진 다리미로 셔츠를 다리면 주름이 펴진다. 이토록 확연한 변화를 기억하는 것은 노동을 한 사람뿐이다. 다음 날, 혹은 며칠 안에 똑같은 일을 반복하지만 하지 않았을 경우에 집이 어떤 모습일지 노동자는 누구보다 잘 안다. 당연하게 노동의 결과물을 누리기만 하는 사람은 변화의 과정을 모른다. 깨끗해진 바닥을 보는 기쁨, 완성된 요리를 그릇에 담는 뿌듯함, 바느질을 끝내고 다려서 말끔해진 옷의 소중함을 아는 것은 직접 노동한 사람만의 것이다. 같은 일을 반복함에 따라 이 모든 노동이 의미 없게 여겨지는 날도 물론 있지만, 어차피 해야 하는 노동이라면 짧게 스쳐가는 아름다움이라도 붙잡아야 한다. 그렇다. 일상을 일구는 노동에는 아름다움이 있다. 노동을 온전히 타인의 몫으로 돌리며 당연스레 헌신을 요구하는 것과는 별개의 문제다. 함께 고민하고 노동하고 그 결과에 감사할 줄 안다면 이 세상에 '티가 안 나는' 노동은 없을 것이다.

엄마는 노동의 아름다움을 익히 아는 사람이다. 연세가 일흔이 넘은 지금도 몸이 가뿐한 날이면 일을 벌인다. 배추를 절이고, 유자청을 만들고, 된장을 담근다. 바늘에 실을 꿰어 오래된 옷을 고친다. 자식들은 고생하지 말라고 만류하지만 평생 일을 해온 사람에게 어쩌면 당연한 일이다. 노동이란 삶의 수레바퀴를 돌리는 일이다. 나는 그런 엄마를 이해한다. 멈추지 않고 굴러가는 바퀴는 무게를 덜 느끼는 법이다. 고치고 만들고 그것에 대해 끝없이 생각하는 일은 그 자체로 의미와 목적이 된다. 간혹 돌길을 만나 망가지더라도 어떻게든 수선해서 앞으로 다시 나아가는 일, 그것이 엄마가 세상을 살아가는 방식인지도 모른다.

재봉틀의 페달을 밟아 기계를 돌리면, 내부의 부품들이 부딪히며 실을 엮어내는 진동이 내 손과 발을 통해 전해진다. 마치 내 몸에서 나는 소리 같아서 안심이 된다. 지금 나는 소리 낼 수 있는 공간에 있다. 재봉틀을 사용하는 동안에는 나도 조금 고독한 존재가 될까? 그럴지도 모른다. 그러나 자유롭지 못한 사람은 고독할 수조차 없다. 그러니 고독한 사람은 적어도 자유를 가진 사람이다. 엄마가 그랬던 것처럼 나도 재봉틀을 사용하는 동안은 오롯이 혼자가 된다. 오랫동안 마음에 담아왔던, 아주 기꺼운 고독이다.

왼손과 오른손

당신의 손가락은 몇 센티인가요?

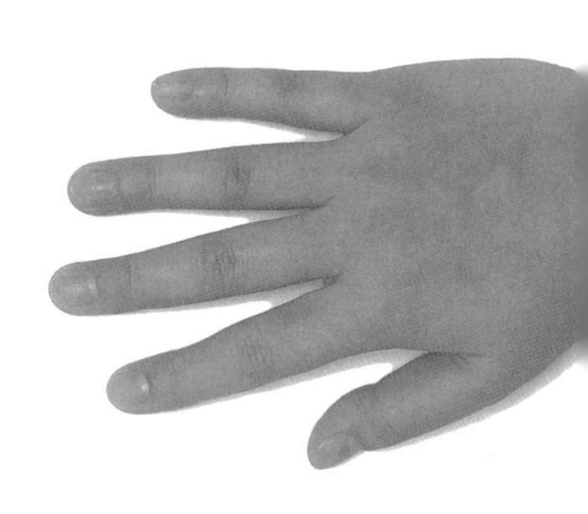

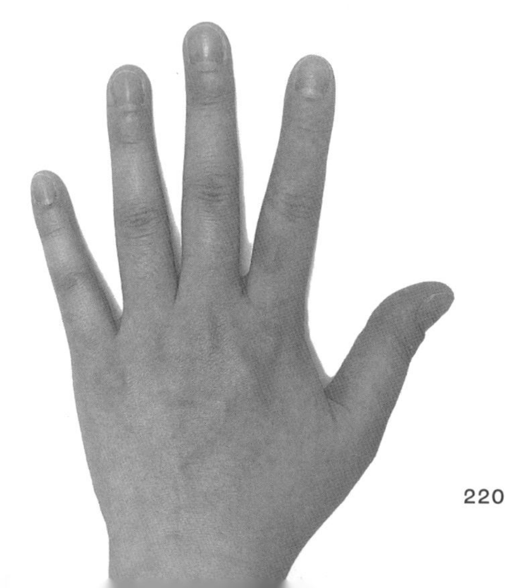

공구를 다루는 일에 대해서는 이런저런 생각을 하면서도, 정작 공구를 사용하는 왼손과 오른손에는 관심이 덜할 때가 많다. 그것은 마치 당연히 존재하고, 당연히 기능하는 것으로 여겨지기 때문이다. 하지만 따지고 보면 손을 자유롭게 사용하는 것도 모든 사람에게 당연한 일은 아니다. 만약에 두 손을 마음대로 못 쓰게 된다면 '반려공구'라는 애칭도 의미 없게 될 것이다. 손은 별다른 공구 없이도 일상의 많은 일을 해낸다. 드라이버나 펜치보다 많이 쓰고, 흔하지만 매우 쓸모 있는 도구. 나의 왼손과 오른손이다.

사람마다 신체조건이 다르듯 내 손도 다른 사람의 손과 다른 점이 많을 것이다. 나의 왼손과 오른손은 어떤 특징이 있으며, 어떻게 쓰이고 있을까?

모호연의 왼손

특징: 손가락 5개, 손톱 모두 양호. 동작에 문제없음. 검지 전반에 원인 미상의 굳은살 있음.

인간은 두 개의 손을 가지고 태어나지만, 우리가 사용하는 도구와 물건들은 대부분 오른손으로 사용한다는 가정 하에 만들어져 있다. 어릴 때부터 일상적으로 오른손잡이용 도구를 사용하면서 은연중에 길들여지기도 한다. 어떤 왼손잡이들은 문화적 관습에 따라 강제로 쓰는 손을 교정당하는 어린 시절을 겪는다. 그런 식으로 부정당하고 억압받아온 이들을 위한 노래가 있다. 패닉의 '왼손잡이'다.

"난 아무것도 망치지 않아~ 난 왼손잡이야!"

난 이 노래를 무척 좋아한다. 왼손잡이가 아닌 사람이기에 왼손잡이의 심정을 알 수 있는 노래가 더 값지게 느껴진다. 나도 어떤 면에서는 왼손잡이와 같은 부류의 사람인지도 모른다. 쓰임을 부정당하고, 강제로 교정당하는. 그러나 어느 손을 주로 쓰든지 간에 각각의 손은 자신만의 갈 길이 있다. 여러 선입견 때문에 왼손은 오른손을 보조하는 역할로만 여겨지기 쉽지만, 오른손잡이라도 왼손에게 그만큼 기회를 준다면 잠재된 능력을 충분히 개발할 수 있으리라 믿는다. 아마도 엄격한 왼손잡이에게는 오른손이 그런 영역일 테다.

나는 물건을 들 때 주로 왼손을 쓴다. 버스나 전철을 타면 왼손으로 손잡이를 잡는다. 휴대전화도 왼손으로 들고, 스크린 터치도 왼손으로 한다. 책을 볼 때도 왼손으로 넘기고, 컵도 왼손으로 잡는다. 병에 붙은 스티커를 뜯을 때에도 왼손으로 뜯고, 문을 여닫거나 전자기기의 리모콘을 누를 때에도 왼손을 쓴다. 칫솔질도 가끔은 왼손으로 한다. 식사할 때는 관습에 따라 오른손에 수저를 들지만 태국 음식이나 중국 음식을 먹을 때는 왼손으로 숟가락을 든다. 이렇게 왼손을 많이 쓰면서도 스스로 왼손잡이가 아닌가 하는 의심은 하지 않는다. 글씨는 반드시 오른손으로만 쓰기 때문이다. 아주 많은 일을 하면서도 글씨를 쓰지 못한다는 이유로 왼손은 주연 타이틀을 얻지 못한다. 대신 왼손을 응원하는 마음으로 별명을 하나 붙여주었다.

'무적의 왼손'

왼손이 오른손보다 명백히 잘하는 일은 바로 꽉 닫힌 병뚜껑을 여는 일이다. 왼손을 많이 쓰다 보면 악력이 길러지기도 하지만, 중요한 포인트는 병뚜껑을 여는 방향에 있다.

일반적인 병뚜껑은 반시계 방향으로 돌려야 열린다. 손목은 몸 바깥으로 회전시킬 때에 더 많은 힘을 실을 수 있는데, 왼손의 바깥 방향이 바로 반시계 방향이다. 그래서 양손의 악력이 비슷하더라도 왼손으로 뚜껑을 열 때 더 많은 힘을 가할 수 있다(뚜껑 열기에 무조건 성공하는 또 하나의 비결은 뚜껑이 열릴 때까지 결코 포기하지 않는 것이다. 엉킨 실타래가 풀릴 때까지 붙잡고 있는 것처럼).

그럼 뚜껑을 잠글 때는 어떨까? 시계 방향으로 돌리기 때문에 악력이 비슷하다면 열 때와 달리 오른손으로 잠그는 것이 유리할 것이다. 하지만 나는 뚜껑을 잠글 때에도 일부러 왼손을 쓴다. 의식적으로는 왼손을 많이 쓰기는 하지만, 섬세하게 발달한 오른손을 무의식중에 많이 쓰는 것도 사실이다. 도면을 그리거나 글씨를 쓰는 등의 작업은 오른손만 쓰기 때문에 매일 오른쪽 손목과 팔에 더 많은 피로가 누적된다. 순간적으로 많은 힘을 들이는 일까지 같은 손을 쓰면 무리가 될 것이다. 그래서 왼손에 힘쓰는 일과 그밖의 다른 일들을 고루 안배하는 것이다.

우리의 신체도 공구와 마찬가지로 소모품이기 때문에 역할을 적당히 배분해야 한다. 그래서 효율이 조금 떨어지는 상황이라도 적극적으로 왼손을 쓴다. 문명인으로서 가장 좋은 방법은 되도록 손힘을 안 쓰고 도구를 사용하는 것이겠지만, 도라에몽처럼 매 상황마다 주머니에서 적절한 도구를 꺼낼 수는 없는 일이다.

왼손은 드릴이나 드라이버 등 실제 공구를 사용할 때 물건을 잡거나 고정하는 클램프나 바이스의 역할을 한다. 못 구멍을 뚫거나 자재를 자르는 일은 동작하는 손보다 고정하는 손의 힘이 더 커야만 정확하고 안전하게 작업할 수 있다. 단순히 동작하는 손을 보조하는 역할이 아니라 저만의 중요한 임무를 띠고 있는 것이다.

문구용 가위나 커터를 사용할 때에도 고정하는 손(내게는 왼손)의 위치와 손기술에 따라 결과물이 달라진다. 오른손으로 도구를 잡고 쓰더라도 되도록 '나는 지금 양손을 쓰고 있다'고 생각하는 습관이 있다. 그 손이 하는 일을 내가 바로 알게 하는 것이야말로, 손을 잘 쓰는 방법이다. 이렇게 해서 같은 동작이 숙달되면 그것이 곧 기술이라고 할 수 있겠다.

TMI를 밝히자면, 내 왼손은 모양도 크기도 평범하지만 특이점이 하나 있다. 검지에 원인을 알 수 없는 굳은살이 있는데, 처음에는 새끼손톱만큼 작았다가 점점 퍼져서 현재는 관절 부위를 제외한 검지의 20퍼센트 정도를 덮고 있다. 손등 방향에만 있는 것이라 손가락을 쓰는 습관과는 무관하고, 뜻밖에도 유전인 듯하다. 언니와 오빠도 검지에 같은 흔적이 있다는 사실을 알고 얼마나 놀랐던지. 주변인 누구에게서도 본 적 없고 혈연관계 안에서만 발견되는 특징이라니 신기할 뿐이다. 한마디로 말하면, 이 굳은살은 우리 가족의 원산지 식별코드라고도 볼 수 있을 것이다.

모호연의 오른손

특징: 왼손보다 약간 작음.

왼손에게 많은 일을 나누어주지만 그럼에도 오른손은 핵심적인 여러 일을 맡아 하고 있다. 젓가락질, 가위질, 칼질, 톱질, 드릴질, 망치질, 바느질 등 접미사 '~질'이 붙는 대부분의 일을 오른손으로 한다. 그 일들은 아무래도 맨손으로 직접 하기보다는 대체로 도구를 사용하는 일이다. 주로 맨손을 쓰는 왼손과는 다른 입장이다.

회사에 다니던 시절 매일 20장 분량의 스크립트를 만들고 음원을 편집하면서 주 7일간 일을 한 적이 있다. 말도 안 되는 스케줄인데 쇠도 씹어 먹는다는 20대의 혈기로 그 일을 해냈다(내가 씹어 먹은 것 중 가장 단단한 것은 기껏해야 오징어 다리였지만). 그때 무리를 한 모양인지 한동안 손가락 관절과 손목이 꽤 아팠다. 특정 부위가 아니라 손 전체에 통증이 있어서 손가락을 쓸 때마다 찌릿한 불쾌감도 동반했다. 덕분에 일기예보 하나는 기가 막히게 맞추었다(이 출중한 재능을 썩히다니, 대한민국 기상청의 큰 실수다). 비 올 때가 되면 어김없이 손목과 손가락이 시큰거렸다. 병원에 가면 "통증이 사라질 때까지 최대한 쓰지 마세요"라는 충고를 듣지만, 비정규직 프리랜서 노동자에게 그것이 가당키나 한 일인가.

그림 그리는 친구의 권유로 펜마우스를 사고 나서 통증이 한결 줄었다. 펜을 쥐는 방식은 버티컬 마우스와 같이 손바닥을 아래 놓고 쓰는 일반 마우스보다 편안하고 클릭하는 데에도 힘이 덜 든다. 물론 손이 그만큼 나아진 데는 퇴사가 제일 좋은 약이기는 했다. 만들기를 좋아해서 여전히 손을 많이 쓰지만, 타이핑 같은 단순 반복 작업을 덜해서인지 요즘은 관절이 덜 아프다. 전보다 오른손을 덜 쓰기도 하고, 어떤 도구를 쓰더라도 오른손에 무리가 가지 않는 방법을 미리 생각하고는 한다.

그러고 보니 오른손은 별명이 없다. 정말 많은 일을 해왔고, 앞으로도 하게 될 텐데 차별하지 말고 아껴야겠다. 오른손은 집요하고 진취적이니까 '집념의 오른손'이라 불러볼까. 역시 이름은 거창한 게 좋은 것 같다. 그 이름의 뜻에 기대고 싶어지니까.

오른손의 TMI도 소개하겠다. 내 오른손은 주로 도구를 쓰는 손이라 고정하는 왼손과 달리 흉터가 없다. 왼손보다 손가락이 조금 가늘고 손가락의 길이도 왼손보다 조금 짧다. 왼손과 같은 원산지 식별코드가 역시 검지에 자라고 있다.

무언가를 만들 때 자나 줄자 같은 측정 공구가 늘 옆에 있지는 않는다. 사다리 위에 올라가 있거나 집 밖에 나와 있을 때 측정 공구 없이도 길이를 잴 방법을 마련해두면 편리하다. 내 손 각 부위의 치수를 알아두면 스마트폰 어플리케이션을 사용하는 것보다 훨씬 간단히 길이를 잴 수 있다.

손가락의 구조상 자세와 무관하게 일정한 길이를 잴 수 있는 것은 엄지와 검지뿐이다. 다른 손가락은 길이를 잴 대상에 평행으로 대지 못할 가능성이 높다. 그래서 나는 왼손을 기준으로 한 뼘의 길이와 검지의 길이를 기억해두고 있다.

왼손의 한 뼘 길이는 20cm, 검지의 세 마디의 길이는 7.5cm, 마디당 2.5cm로 일정한 편이다. 측정 공구로 길이를 잴 때에는 밀리미터 단위로 기억하지만 신체치수를 활용할 때는 대략의 수치를 재는 것이므로 센티미터 단위로 기억한다. 손의 어떤 부분이 0.5cm 단위로 딱 떨어지는 길이라면 특별히 기억해두기도 한다. 이를테면 왼손의 엄지손톱은 가로폭이 정확하게 1.5cm이다. 종종 못 구멍의 자리를 그리거나 간격을 잴 때 엄지를 대서 손톱 폭으로 가늠하곤 한다. 오른손의 한 뼘은 19.5cm다. 대부분의 수치는 왼손으로 재고, 40cm가 넘는 길이를 잴 때만 양손을 활용해 대략의 수치를 잰다. 아무래도 오른손은 도구를 들고 있는 경우가 많아서 급하게 길이를 재는 데 불편이 있기도 하다. 왼손으로 도구를 쓰는 사람이라면 반대로 오른손의 치수를 알아두면 편할 것이다.

이 글을 읽는 당신도 슬슬 자신의 손가락 길이가 얼마인지, 한 뼘이 몇 센티인지 궁금해지지 않았을까. 눈금이 있는 커팅매트나 30cm 플라스틱 자, 늘어난 줄자라도 좋다. 손의 여기저기를 대보면서 수치를 재보자. 정확한 수치는 몰라도 된다. 내 몸의 길이를 잰다는 사실만으로 재미있을 것이다. 그동안 몰랐던 나의 손가락 길이, 한 뼘의 길이가 앞으로 나에게 중요한 숫자가 될지도 모른다. 손의 치수를 알고 나면 당신의 손은 새로운 기능을 얻게 된다. 물건의 길이를 재는 측정 공구로 활용할 수 있게 되는 것이다.

앞으로도 이 두 손을 손님처럼 존중하고 대접하려 한다. 쥐고, 당기고, 치고, 밀고, 붙잡는 손의 모든 동작이 무뎌지지 않도록 아프지 않게 보살피고 관리할 것이다. 좋아하는 일을 잔뜩 하려면 아무래도 손의 도움이 절실하다. 왼손과 오른손을 깍지 껴 머리 위로 멀리 멀리 밀어본다. 위축되어 있던 어깨, 팔뚝, 손가락 모두 쭉쭉 늘어나도록. 아릿한 통증이 가시고 시원하다는 말이 절로 나올 때까지. 이 두 손이 부디 오랫동안, 내 바람만큼 기꺼이 움직여주기를 바라면서.

Epilogue

누구에게나 좋은 친구

공구에 대해 쓰면서 내가 가진 도구들을 어떻게 분류할지 고민이 많았다. 책에 가위나 재봉틀 이야기를 포함시킨 것도 그런 고민의 결과다. 몇 년 전까지만 해도 나는 '공구'라 불리는 도구들을 아주 낯설고 특별한 존재로 여겼다. 하지만 공구를 사용할수록 경계가 흐려진다. 못을 박는 망치와 고기를 다지는 망치가 그리 다르지 않고, 톱으로 나무를 써는 일과 채칼로 야채를 써는 일이 비슷한 노동으로 여겨진다. 머리를 말리는 헤어드라이어와 벽지를 말리는 히팅건(열풍기)도 활동 영역만 다를 뿐 사용하는 요령은 같다. 따지고 보면 도구를 구분하는 것은 영역의 문제다. 나 자신이 모든 영역을 담당하는 이 집에서 도구와 공구를 보편적인 기준으로 구분하는 것이 큰 의미가 있을까? 도구를 사용하는 주체는 나이고, 중요한 것은 내가 하는 노동이다.

이제 내게 공구는 다른 살림 도구들만큼이나 일상의 물건으로 완벽하게 자리 잡았다. 쓸모가 있는 도구라면 어느 것이든 소중하지만, 그 중에서도 추억이 많거나 생활 공간에 적잖이 기여한 공구들을 꼽아 책에 실었다. 아쉽게도, 사용한 지 얼마 안 된 공구들은 이야기에서 제외되었다. 인두기와 목공끌, 카빙나이프(나무조각용 칼)는 아직 탐색 중인 관계다. 이들도 언젠가는 제몫을 하게 될까? 확신할 수는 없다. 여차하면 당근마켓으로 떠나보내는 방법이 있으니 부담은 갖지 않으려 한다. 공구는 누구에게나 좋은 친구가 될 수 있으니까.

'반려공구' 이야기에 관심을 가져주신 모든 분들과 라이프앤페이지에 감사의 마음을 전한다. 덕분에 즐거운 마음으로 이 글을 마칠 수 있었다. 앞으로도 물건에 대한 이야기를 계속하려 한다. 나에게 이로운 것들을 극진히 대하는 일, 그것이 곧 내 삶을 소중히 여기는 일이라 믿는다.

반려공구

초판 1쇄 펴낸날 2022년 8월 16일

지은이 모호연
펴낸이 배경란 오세은

펴낸곳 라이프앤페이지
주소 서울시 마포구 신촌로2길 19, 316호
전화 02-303-2097
팩스 02-303-2098
이메일 sun@lifenpage.com
인스타그램 @lifenpage
홈페이지 www.lifenpage.com
출판등록 제2019-000322호(2019년 12월 11일)
디자인 파도와짱돌
본문 일러스트 오진욱

ISBN 979-11-91462-13-5 (03810)

• 이 도서는 한국출판문화산업진흥원의 '2022년 우수출판콘텐츠 제작 지원' 사업 선정작입니다.